MOEWIG
SCIENCE FICTION

Zum Buch

Windhaven ist eine Wasserwelt mit einer Vielzahl von allerdings nur sehr kleinen Inseln, eine Welt der Stürme, der tobenden Naturgewalten. Und doch ist der Planet die Heimat von Menschen, die aber nicht aus eigenem Entschluß hierhergelangt sind: Die Havarie ihres Siedlerschiffes ließ den Überlebenden der Katastrophe keine andere Wahl, als sich mit den Gegebenheiten von Windhaven abzufinden. Schon bald haben sie eine weitere Besonderheit dieser Welt entdeckt: Die geringe Gravitation, die dichte Atmosphäre, die niemals erlahmenden Winde – dies alles zusammen schafft Bedingungen, unter denen ein uralter Menschheitstraum verwirklicht werden kann: wie ein Vogel aus eigener Kraft in den Himmel zu steigen und zu fliegen. Alles, was dazu nötig ist, sind Schwingen aus Leichtmetall, die man aus den Resten des Sternenschiffes fertigt. Aber irgendwann sind die Materialvorräte erschöpft, und die Schwingen werden zu einem kostbaren Besitz, der in den Familien von Generation zu Generation weitervererbt wird. Eine Gilde der Flieger bildet sich heraus, eine Gemeinschaft von Männern und Frauen, deren Dienste als Nachrichtenübermittler für die Landgebundenen unverzichtbar geworden sind. Strenge Gesetze und starke Traditionen bestimmen das Leben in dieser Gilde, die ihren Angehörigen unter anderem das Tragen von Waffen verbietet und sie zu bedingungsloser politischer Neutralität verpflichtet. Alles scheint bestens geregelt – bis eines Tages einige Landgebundene ihr Recht auf eigene Flügel und damit auf die Verwirklichung ihrer Träume fordern . . .

Zum Autor

George R. R. Martin, mehrfacher HUGO- und NEBULA-Gewinner, gehört zu den herausragenden Persönlichkeiten der modernen Science Fiction. Der Autor hat sich mit zwei Kurzgeschichtensammlungen (darunter, bei Moewig erschienen, „Die zweite Stufe der Einsamkeit“), zahlreichen Anthologiebeiträgen (vor allem in „Kopernikus“) und dem Roman „Die Flamme erlischt“ auch beim deutschen SF-Publikum großes Renommee erworben. Von Lisa Tuttle befindet sich ein Roman für die Reihe „Moewig Phantastica“ in Vorbereitung.

George R. R. Martin
Lisa Tuttle

KINDER DER STÜRME

Band 2

Herausgegeben von Hans Joachim Alpers

MOEWIG
Deutsche Erstausgabe

MOEWIG Band Nr. 3681
Moewig Taschenbuchverlag Rastatt

Titel der Originalausgabe: Windheaven
Aus dem Amerikanischen von Angelika Fuchs

Umschlagillustration: Sven Papenbrock
Umschlagentwurf und -gestaltung: Franz Wöllzenmüller, München
Redaktion: Hans Joachim Alpers
Verkaufspreis inkl. gesetzl. Mehrwertsteuer
Auslieferung in Österreich:
Pressegroßvertrieb Salzburg, Niederalm 300, A-5081 Anif
Printed in Germany 1985
Druck und Bindung: Elsnerdruck GmbH, Berlin
ISBN 3-8118-3681-1

Teil Drei
Der Sturz

In weniger als einer Minute war sie alt geworden. Als Maris das Haus des Landmannes von Thayos verließ, war sie noch jung. Sie wählte den unterirdischen Gang von seiner kleinen Felsenhütte zur See. Ein feuchter dunkler Tunnel, der durch den Berg führte. Sie ging schnell. In der Hand hielt sie eine Fackel, die Flügel hatte sie auf dem Rücken gefaltet. Echos und das Geräusch von langsam fließendem Wasser umgaben sie. Überall am Boden standen Pfützen, das Wasser zog in ihre Stiefel. Maris beeilte sich, den Tunnel zu verlassen.

Erst als sie auf der anderen Seite des Berges angelangt war, sah sie den Himmel. Er leuchtete in einem bedrohlichen Rotton, einem Violett, das fast schwarz war. Die Farbe verhieß Blut und Schmerz. Der Wind wehte kalt und ungestüm. Maris konnte das heraufziehende Unwetter förmlich schmecken. Sie konnte es an den Wolken erkennen. Sie stand am Fuß der ausgetretenen Stufen, die zur Klippe hinaufführten. Für einen kurzen Augenblick erwog sie, zurückzukehren und die Nacht in der Hütte zu verbringen, ihren Flug bis zur Dämmerung aufzuschieben.

Andererseits mißfiel ihr der Gedanke an den Rückweg durch den Tunnel, und überhaupt mochte sie diesen Ort nicht. Thayos schien ihr ein dunkles und hartes Land zu sein, und der Landmann war ausgesprochen ungehobelt. Seine Brutalität wurde kaum von den Anzeichen seiner Stellung als Landmann und Flieger kaschiert. Die Botschaft, die er ihr aufgetragen hatte, lastete schwer auf ihr. Aus seinen Worten hatten Wut und Kriegslust geklungen. Maris wollte die Botschaft so schnell wie möglich übermitteln und vergessen, um sich von dieser Last zu befreien.

Sie löschte die Fackel und stieg die Stufen mit großen, hastigen Schritten hinauf. Ihr Gesicht war von Falten gezeichnet, und ihre Haare wurden langsam grau, aber Maris war immer noch so anmutig und lebhaft wie mit zwanzig.

Oben, wo die Stufen in eine breite steinerne Plattform übergingen, entfaltete sie ihre Flügel.

Sofort fingen sie den Wind ein, der an ihnen riß, während Maris die letzten Streben einrasten ließ. Der rote Schein des aufkommenden Sturmes warf einen dunklen Schatten auf das silberne Metall, und die Strahlen der untergehenden Sonne hinterließen rote Streifen darauf, die wie eine frische Wunde aussahen, in der das Blut pulsierte. Maris beeilte sich. Sie wollte den Sturm im Rücken haben, damit er ihre Geschwindigkeit beschleunigte. Sie schnallte die Gurte fest und überprüfte die Flügel ein letztes Mal. Dann umfaßte sie die wohlvertrauten Griffe. Mit zwei schnellen Schritten sprang sie von der Klippe ab, wie sie es unzählige Male vorher getan hatte. Der Wind war ihr kalter und wahrer Geliebter. Sie gab sich seiner Umarmung hin und flog.

Am Horizont sah sie einen Blitz aufleuchten, einen langanhaltenden Dreizack am östlichen Himmel. Dann ließ der Wind nach. Sie verlor an Höhe und fiel hinab. Sie drehte sich und suchte nach einem stärkeren Aufwind, als sie plötzlich vom Wind wie von einem Peitschenschlag getroffen wurde. Mit schrecklicher Gewalt blies der Wind aus dem Nirgendwo. Während sie sich bemühte ihn zu reiten, hatte er auch schon seine Richtung geändert. Dann ein zweites und ein drittes Mal. Regen schlug ihr ins Gesicht. Blitze blendeten sie, und in ihren Ohren klopfte es.

Der Sturm trieb sie rückwärts, dann überschlug sie sich wie ein Spielzeug. Sie hatte keine Wahl mehr, keine Chance. Sie war wie ein Blatt im Sturm. Sie wurde hin und her getrieben, bis ihr übel wurde und ihr zum Bewußtsein kam, daß sie abstürzte. Sie blickte über die Schulter und sah den Berg näher kommen, eine steile nasse Felswand. Sie versuchte auszuweichen, aber ihr gelang lediglich, sich in der wilden Umarmung des Windes zu drehen. Ihr linker Flügel streifte den Felsen und brach. Maris fiel auf die Seite. Sie schrie. Ihr linker Flügel war lahm. Sie dachte daran, mit einem Flügel zu fliegen, aber sie wußte, daß es aussichtslos war. Der Regen nahm ihr die Sicht, der Sturm hatte sie in seinen tödlichen Klauen. Ihr letzter klarer Gedanke sagte Maris, daß dies der Tod war.

Die See nahm sie, brach sie und spuckte sie aus.

Am nächsten Tag fand man sie am Felsstrand, drei Meilen von der Fliegerklippe von Thayos. Sie war verwundet und ohne Bewußtsein, aber sie lebte.

Als Maris einige Tage später aufwachte, war sie alt.

Während der ersten Woche war sie selten voll bei Bewußtsein, und später konnte sie sich kaum an etwas erinnern. Schmerzen, wenn sie sich bewegte und wenn sie sich nicht bewegte, ob sie wach war oder schlief. Die meiste Zeit über schlief sie, und ihre Träume schienen ihr ebenso realistisch wie die ständigen Schmerzen. Sie ging durch lange unterirdische Gänge, ging so lange, bis ihre Beine fürchterlich schmerzten, aber niemals gelang es ihr, die Stufen zu finden, die sie zum Himmel führten. Sie fiel endlos durch die windstille Luft. Ihre Kraft und ihr Geschick halfen ihr nicht. Sie stand vor hunderten von Leuten in der Versammlung und argumentierte, aber ihre Worte klangen undeutlich und niemand hörte ihr zu. Ihr war heiß, schrecklich heiß, aber sie konnte sich nicht bewegen. Jemand hatte ihre Flügel weggenommen und ihre Arme und Beine festgebunden. Sie versuchte sich zu bewegen, zu sprechen. Sie hatte einen Auftrag, sie mußte eine wichtige Botschaft überbringen. Sie konnte sich nicht bewegen, sie konnte nicht sprechen. Sie wußte nicht einmal, ob ihr Tränen über die Wangen liefen, oder ob es Regen war. Jemand trocknete ihr Gesicht und gab ihr eine dickflüssige bittere Medizin.

Dann war sie sich bewußt, daß sie in einem großen Bett lag. In der Nähe befand sich ein Kamin mit einem lodernden Feuer. Man hatte sie in Decken und Felle gehüllt. Ihr war heiß, schrecklich heiß. Sie versuchte die Decken abzustreifen, aber sie schaffte es nicht.

Anscheinend kamen und gingen Leute im Zimmer aus und ein. Einige von ihnen erkannte sie – es waren ihre Freunde –, aber obwohl sie sie bat, die Decken wegzunehmen, reagierte niemand. Man schien sie nicht zu hören, aber oftmals saß jemand an ihrem Bett und redete mit ihr. Sie sprachen von vergangenen Dingen, als gäbe es sie noch. Das alles verwirrte sie, aber sie war glücklich, daß sie bei ihren Freunden war.

Coll kam und sang für sie. Barrion war bei ihm. Barrion, mit dem schnellen Grinsen und der tiefen knorrigen Stimme. Die alte verkrüppelte Sena saß auf der Bettkante und sagte nichts. Einmal erschien Rabe. Er war ganz in schwarz gekleidet und sah stolz und wundervoll aus. Ihr Herz begann sofort wieder zu schmerzen, aus unausgesprochener Liebe zu ihm. Garth brachte ihr kochendheißen *Kivas*. Dann erzählte er ihr Witze, sie lachte und vergaß zu trinken. Val Einflügler stand im Türrahmen. Er beobachtete alles, ohne eine Miene zu verziehen. Auch ihre alte Freundin S'Rella kam des öfteren und erzählte von den alten Zeiten. Und Dorrell, ihre erste Liebe und immer noch ein guter Freund, kam hin und wieder. Seine Anwesenheit war ihr sehr angenehm und lenkte sie von den Schmerzen ab. Auch andere kamen: ehemalige Liebhaber, von denen sie glaubte, sie nie mehr zu treffen. Sie sprachen mit ihr, entschuldigten oder beschuldigten sich, dann verschwanden sie wieder und ließen all ihre Fragen unbeantwortet. Da war der pausbäckige blonde T'mar, der ihr Geschenke brachte, die er gesammelt hatte und Halland, der Sänger. Er war stark und trug einen schwarzen Bart. Er sah noch genau so aus wie damals, als sie zusammen auf Klein Amberly lebten. Dann erinnerte sie sich, daß sie über dem Meer abgestürzt war. Sie weinte, und die Tränen wischten seinen Anblick fort.

Es gab noch einen Besucher. Ein Mann, den Maris nicht kannte. Und er war doch kein Fremder. Sie kannte seine Berührung, seine zarten sicheren Hände und den Klang seiner melodischen Stimme, wenn er ihren Namen aussprach. Im Gegensatz zu den anderen Besuchern kam er dicht an sie heran, hielt ihren Kopf und gab ihr heiße Milchsuppe, Gewürztee und einen dickflüssigen bitteren Trank, der sie schlafen ließ. Sie konnte sich nicht daran erinnern, wann und wo sie ihn getroffen hatte, aber sie war glücklich, wenn sie ihn sah. Er war dünn und klein, aber drahtig. Seine Backenknochen zeichneten sich durch die blasse Haut seines Gesichtes ab, sie trug Altersflecken. Er hatte zwar eine Stirnglatze, ansonsten aber volles weißes Haar. Seine Augen, die unter buschigen Brauen und einem Netz von kleinen Falten lagen, leuchteten wie blaue Diamanten. Aber obwohl er oft kam und Maris kannte, konnte sie sich nicht an seinen Namen erinnern.

Einmal, als er an ihrem Bett stand und sie beobachtete, versuchte Maris, sich im Halbschlaf freizustrampeln. Sie sagte ihm, daß ihr fürchterlich heiß wäre und bat ihn, die Decken fortzunehmen.

Er schüttelte den Kopf. „Du hast Fieber", sagte er. „Der Raum ist kühl, und du bist sehr krank. Du brauchst die Wärme der Decken."

Verwirrt durch dieses Phantom, das endlich geantwortet hatte, bemühte sich Maris, sich aufzusetzen um ihn besser zu sehen. Ihr Körper reagierte schwerfällig. Stechender Schmerz durchfuhr ihre linke Seite.

„Langsam", sagte der Mann. Seine kühlen Finger strichen über ihre Brauen. „Deine Knochen müssen erst zusammenwachsen, bevor du dich bewegst. Hier, trink das.“ Er stützte ihren Kopf und preßte den glatten dicken Rand einer Tasse gegen ihre Lippen. Sie schmeckte das vertraute Bittere und schluckte gehorsam. Die Spannung und der Schmerz wichen, während sie ihren Kopf in das Kissen sinken ließ.

„Schlaf jetzt und mach dir keine Sorgen“, sagte der Mann.

Unter höchsten Anstrengungen gelang es ihr, zu sprechen: „Wer . . .?“

„Ich heiße Evan“, sagte er. „Ich bin ein Heiler. Seit Wochen bist du in meiner Obhut. Du bist auf dem Weg der Besserung, aber du bist noch sehr schwach. Du mußt jetzt schlafen und dich schonen.“

„Wochen.“ Das Wort beängstigte sie. Sie mußte schrecklich krank sein, fürchterlich verletzt, wenn sie sich wochenlang im Hause des Heilers befand. „Wo . . .?“

Er legte seine starken dünnen Finger auf ihre Lippen, um sie zum Schweigen zu bringen. „Auf Thayos. Keine weiteren Fragen. Später, wenn es dir bessergeht, werde ich dir alles erklären. Schlaf jetzt. Laß deinen Körper sich selbst heilen.“

Maris gab den Kampf mit dem Schlaf auf. Er hatte gesagt, sie würde genesen und sollte ihre Kräfte schonen. Sie wünschte sich nur, während sie einschlief, daß sie nicht wieder diese Träume hätte, mit dem schrecklichen Flug im Sturm und dem fürchterlichen Aufschlag ihres Körpers.

Später, als sie aufwachte, war die Welt dunkel, lediglich das schwache Glühen der Kohlen im Kamin gab den Schatten Formen. Während sie vor sich hin starrte, erschien Evan auch schon. Er stocherte in dem Feuer, strich über ihre Brauen und setzte sich dann vorsichtig auf ihr Bett.

„Das Fieber ist gesunken“, sagte er, „aber dir geht es nicht gut. Ich weiß, daß du dich bewegen möchtest, und es wird schwer sein, es nicht zu tun. Aber du darfst es nicht. Du bist noch sehr schwach, und dein Körper wird besser heilen, wenn du es nicht probierst. Falls du es nicht allein fertig bringst, muß ich dir mehr Tesis geben.“

„Tesis?“ Der Klang ihrer Stimme erschien ihr fremd. Sie räusperte sich, um besser sprechen zu können.

„Die bittere Medizin gibt deinem Körper und deinem Kopf Ruhe, sie gibt Schlaf und Entspannung und nimmt den Schmerz.

Es ist ein sehr wirkungsvoller Trank mit vielen Heilkräutern, aber zuviel davon ist gefährlich. Ich mußte dir mehr geben, als ich wollte, um dich ruhigzustellen. Andere Zwangsmaßnahmen waren nicht gut für dich – du hast dich herumgeworfen, gestrampelt und versucht, dich zu befreien. Du wolltest deinen gebrochenen Körperteilen keine Ruhe lassen, damit sie besser heilen konnten. Aber das Trinken von Tesis ließ dich in den ruhigen, heilsamen und schmerzlosen Schlaf fallen, den du brauchtest. Aber mehr möchte ich dir davon nicht geben. Du wirst Schmerzen haben, aber ich denke, du kannst sie ertragen. Falls nicht, werde ich dir noch etwas Tesis geben. Hast du mich verstanden, Maris?"

Sie sah in seine strahlend blauen Augen. „Ja", sagte sie. „Ich verstehe. Ich versuche, ruhig zu liegen. Erinnere mich ruhig daran."

Er lächelte. Sein Gesicht sah dadurch plötzlich sehr jung aus. „Ich werde dich daran erinnern", sagte er. „Du bist ein aktives Leben gewöhnt. Bewegung, ständiges Kommen und Gehen. Aber du kannst nirgendwohin gehen, um deine Kraft zurückzugewinnen, du mußt darauf warten, indem du ruhig liegen bleibst."

Maris versuchte mit dem Kopf zu nicken, fühlte aber sogleich wieder den stechenden Schmerz in ihrer linken Seite. „Ich bin nie ein geduldiger Mensch gewesen", sagte sie.

„Nein, aber ich habe gehört, daß du stark bist. Benutze diese Stärke, um dich ruhig zu halten, und du wirst schnell genesen."

„Du mußt mir die Wahrheit sagen", sagte Maris. Sie beobachtete sein Gesicht und versuchte darin die Antwort abzulesen. Angst stieg in ihrem Körper auf wie ein kaltes Gift. Sie sehnte sich nach der Kraft, sich aufzusetzen und ihre Arme und Beine bewegen zu können.

„Ich sage dir, was ich weiß", sagte Evan.

Die Angst schnürte ihr den Hals zu. Sie konnte kaum sprechen. Leise flüsternd sagte sie: „Wie . . . wie schwer bin ich verletzt?" Sie schloß die Augen, denn diesmal hatte sie Angst vor der Antwort auf seinem Gesicht.

„Du warst böse zugerichtet, aber du hast es überlebt." Er streichelte ihre Wange. Sie öffnete die Augen. „Bei dem Sturz hast du dir beide Beine gebrochen, eines war viermal gebrochen. Ich habe sie gerichtet, und sie scheinen gut zu heilen – zwar ginge es schneller, wenn du jünger wärst, aber ich denke, du wirst nichts zurückbehalten. Dein linker Arm wies einen Splitterbruch auf, ein Knochen hatte das Fleisch durchstoßen. Zuerst fürchtete ich, ihn amputieren zu müssen. Aber ich brauchte es nicht." Er preßte seine Finger auf ihre Lippen und zog sie dann zurück – wie ein Kuß. „Ich habe die Wunden mit Feuerblumenessenz und anderen Kräutern gereinigt. Wahrscheinlich wird dein Arm lange Zeit steif bleiben, aber meines Erachtens wurde kein Nerv verletzt. Wenn du geduldig bist und viel übst, wird er wieder stark und voll gebrauchsfähig werden. Beim Aufprall hast du dir zwei Rippen gebrochen und bist mit dem Kopf gegen den Felsen geschlagen. Die ersten drei Tage, während du in meiner Obhut warst, bist du bewußtlos gewesen, und ich wußte nicht, ob du das Bewußtsein wiedererlangen würdest."

„Nur drei gebrochene Glieder", sagte Maris. „Alles in allem, halb so schlimm." Sie zog eine Grimasse. „Die Botschaft . . ."

Evan nickte. „Du hast sie im Delirium dauernd wiederholt, wie den Refrain eines Liedes, du wolltest sie unbedingt überbringen. Mach dir deswegen keine Sorgen. Der Landmann wurde über deinen Unfall informiert und hat bereits einen anderen Flieger mit der Botschaft zum Landmann von Thrane geschickt."

„Natürlich", sagte Maris. Eine Last, die ihr kaum bewußt war, wurde von ihr genommen.

„Eine dringende Botschaft", sagte Evan verbittert, „die nicht auf besseres Flugwetter warten konnte. Sie hat dich in den Sturm geschickt, in dem du so schwer verletzt wurdest. Es hätte dein Tod sein können. Der Krieg hat zwar noch nicht begonnen, aber sie mißachten bereits das Leben des Menschen."

Seine Verbitterung betrübte sie mehr als sein Gerede vom Krieg, das sie nur verwirrte. „Evan", sagte sie freundlich, „der Flieger entscheidet, wann er fliegt. Krieg oder nicht, die Landmänner haben keine Macht über uns. Es war mein Eifer, eure kleine karge Insel zu verlassen, der mich veranlaßte, bei diesem Wetter zu starten."

„Und jetzt ist meine kleine karge Insel für lange Zeit dein Zuhause."

„Für wie lange?" fragte sie. „Wann kann ich wieder fliegen?"

Er sah sie an, ohne ihr zu antworten.

Maris befürchtete das Schlimmste. „Meine Flügel!" Sie versuchte sich aufzurichten. „Sind sie verlorengegangen?"

Evan legte ihr schnell die Hand auf die Schulter. „Nicht bewegen!“ Seine blauen Augen strahlten.

„Das hab’ ich vergessen“, flüsterte sie. „Ich werde ruhig liegen bleiben.“ Ihr ganzer Körper klopfte schmerzhaft als Antwort auf die Anspannung. „Bitte . . . was ist mit meinen Flügeln?“

„Sie sind bei mir“, sagte er. Er schüttelte den Kopf. „Flieger. Daran hätte ich denken müssen – ich habe schon andere Flieger behandelt. Ich hätte sie über dein Bett hängen sollen, dann hättest du sie gleich beim Aufwachen gesehen. Der Landmann wollte sie reparieren lassen, aber ich habe darauf bestanden, sie hier zu behalten. Ich hole sie dir.“ Er verschwand im Nebenzimmer. Nach einigen Minuten kam er mit den Flügeln zurück.

Sie waren verbogen und teilweise gebrochen und ließen sich nicht ordentlich falten. Das metallige Gewebe der Flügel war eigentlich unzerstörbar, aber die Streben waren aus gewöhnlichem Metall, und Maris konnte erkennen, daß einige mehrmals gebrochen waren, während andere eigenartig verbogen waren. Das glänzende Metall war mit Dreck überzogen. Die unbedarfte Weise, in der Evan die Flügel hielt, ließ sie hoffnungslos ruiniert aussehen.

Aber Maris wußte es besser. Sie waren nicht im Meer verloren gegangen. Man konnte sie wieder reparieren. Sie fieberte danach, sie aus der Nähe zu betrachten. Sie waren ihr Leben. Sie würde wieder fliegen können.

„Danke“, sagte sie zu Evan und versuchte, die Tränen zu unterdrücken.

Evan hängte die Flügel am Fuß des Bettes an die Wand. So konnte Maris sie gut sehen. Dann wandte er sich wieder ihr zu.

„Es wird länger dauern und schwieriger sein, dich wieder gesund zu machen, als die Flügel zu reparieren“, sagte er. „Viel länger, als dir lieb sein wird, denn es ist keine Frage von Wochen, sondern von Monaten, vielen Monaten. Und dennoch kann ich dir nichts versprechen. Deine Knochen waren gebrochen, und du hattest schlimme Fleischwunden. In deinem Alter ist es schwierig, die volle Kraft wiederherzustellen. Du wirst wieder gehen können, aber mit dem Fliegen . . .“

„Ich werde fliegen. Meine Beine, meine Rippen und meine Arme werden heilen“, sagte Maris ruhig.

„Ja, wenn sie genug Zeit haben, denke ich, daß sie heilen. Aber das ist vielleicht nicht genug.“ Er kam näher, und sie sah den Ernst in seinem Gesicht. „Die Kopfverletzungen ... haben vielleicht deine Sehkraft und deinen Gleichgewichtssinn beeinträchtigt."

„Hör auf", sagte Maris. „Bitte." Tränen liefen über ihre Wangen. „Es ist noch zu früh", sagte Evan. „Es tut mir leid." Er streichelte ihre Wangen und wischte die Tränen ab. „Du brauchst Ruhe und Hoffnung und keine Sorgen. Du brauchst Zeit, um dich zu stärken. Du wirst die Flügel wieder tragen, aber nicht, bevor du vollkommen in Ordnung bist, nicht bevor *ich* es dir erlaube.

„Ein landgebundener Heiler ... will einem Flieger sagen, wann er fliegen darf", spottete Maris mürrisch.

Obwohl es etwas war, das sie erdulden konnte, war eine Zeit der erzwungenen Passivität nichts für Maris. Die Tage vergingen, und Maris blieb immer länger wach. Sie wurde ungeduldig. Evan leistete ihr oft Gesellschaft, er überredete sie, etwas zu essen und erinnerte sie daran, sich nicht zu bewegen. Er redete und erzählte und versuchte so, ihren Geist herauszufordern, während ihr Körper ruhig dalag.

Evan erwies sich als ausgezeichneter Geschichtenerzähler. Er verstand sich eher als ein Beobachter des Lebens, denn als ein Teilnehmer. Er verfügte über einen unvoreingenommenen Weltblick und ein scharfes Auge für Details. Oftmals brachte er Maris zum Lachen. Oder er stimmte sie nachdenklich. Zeitweise gelang es ihm, sie vergessen zu lassen, daß sie mit gebrochenen Gliedern im Bett liegen mußte.

Zuerst erzählte er ihr Geschichten über die Gesellschaft von Thayos. Seine Beschreibungen waren so lebendig, daß sie die Personen förmlich vor sich sah. Aber nach und nach sprach er mehr über sich und gewährte ihr Einblick in sein Leben. Er schien ihr einen Ausgleich für die vertraulichen Worte, die sie während ihrer Bewußtlosigkeit geäußert hatte, bieten zu wollen.

Vor sechzig Jahren war er in den tiefen Wäldern von Thayos, einer Insel am Nordrand der Ostinseln geboren worden. Seine Eltern waren Waldleute.

Im Wald hatten auch andere Familien und andere Kinder, mit denen er hätte spielen können, gelebt. Aber seit frühester Jugend hatte Evan es vorgezogen, seine Zeit allein zu verbringen. Er liebte es, sich im Unterholz zu verstecken und die schüchternen, braungebrannten Feldarbeiter zu beobachten. Oder die Plätze auszukundschaften, wo die am schönsten duftenden Blumen und die bestschmeckenden Wurzeln wuchsen. Gern saß er auf einer ruhigen Lichtung und verzehrte ein Stück Brot, mit dessen Krumen er die Vögel anlockte, sich auf seine Hand zu setzen.

Als er sechzehn war, hatte er sich in eine reisende Hebamme verliebt. Jani, die Hebamme, war eine kleine dunkelhaarige Frau mit Sinn für Humor und einer spitzen Zunge.

Um ihr nahe sein zu können, versuchte sich Evan als ihr Assistent. Zunächst amüsierte sie sein Interesse, sie begann jedoch bald, seine Hilfe zu akzeptieren. Evan, dessen Interesse durch seine Liebe angefeuert wurde, lernte sehr viel von ihr.

Am Vorabend ihrer Abreise gestand er ihr seine Liebe. Sie wollte jedoch weder bleiben, noch wollte sie ihn mitnehmen – weder als Liebhaber, noch als Freund und nicht einmal als Assistent, obwohl sie zugeben mußte, daß er viel gelernt und sich äußerst geschickt angestellt hatte. Sie reiste immer allein. Das war alles.

Nachdem Jani abgereist war, wandte Evan weiter seine Talente als Heiler an. Da der nächste Heiler in dem Dorf Thossi lebte, das eine Tagesreise entfernt lag, war Evan bald ein gefragter Mann. Schließlich wurde er der Schüler der Heilerin von Thossi. Er hätte auch die Möglichkeit gehabt, eine Schule für Heiler zu besuchen, aber das hätte bedeutet, daß er eine Seereise hätte antreten müssen, und nichts beängstigte ihn mehr als der Gedanke, auf dem Wasser zu reisen.

Nachdem er alles gelernt hatte, was sie konnte, kehrte Evan in den Wald zurück, um dort zu leben und zu arbeiten. Obwohl er niemals heiratete, lebte er dennoch nicht immer allein. Frauen suchten ihn auf – Frauen, die einen Liebhaber suchten, der nicht besitzergreifend war, Frauen, die auf Reisen waren und ein paar Tage oder Monate bei ihm verbrachten und Patienten, die eine Krankheit bei ihm auskurierten.

Maris hörte seiner sanften freundlichen Stimme zu und betrachtete sein Gesicht viele Stunden lang, bis sie es schließlich so genau kannte wie das ihrer ehemaligen Liebhaber. Sie fühlte sich von ihm, den großen blauen Augen, den geschickten sanften Händen, den hohen Wangenknochen und der imposanten Hakennase angezogen. Sie dachte darüber nach, wie er sich wohl fühlte – war er wirklich so in sich gekehrt, wie er wirken wollte?

Eines Tages unterbrach Maris seine Geschichte über eine Familie mit drei Kindern, die er kürzlich getroffen hatte, und fragte: „Hast du dich jemals wieder verliebt? Nach Jani, meine ich."

Er blickte überrascht drein. „Ja, natürlich. Ich habe dir davon erzählt..."

„Aber nicht so sehr, daß du heiraten wolltest."

„Manchmal schon. Mit S'Rai, sie lebte über ein Jahr bei mir, war ich sehr glücklich. Ich habe sie sehr geliebt, und ich wollte, daß sie blieb. Aber sie hatte bereits woanders ihre Wurzeln geschlagen. Sie wollte nicht hier im Wald leben. Sie hat mich verlassen."

„Warum bist du nicht mit ihr gegangen? Hat sie dich nicht darum gebeten?"

Evan sah unglücklich aus. „Ja, das hat sie. Sie wollte, daß ich mit ihr gehe. Aber irgendwie schien mir das unmöglich."

„Bist du jemals woanders gewesen?"

„Wann immer es nötig war, habe ich ganz Thayos bereist", sagte Evan, so als müßte er sich verteidigen. „Und ich habe in meiner Jugend fast zwei Jahre in der Nähe von Thossi gelebt."

„Thayos ist überall gleich", sagte Maris und zuckte die heile Achsel. Trotzdem spürte sie in der linken Schulter einen stechenden Schmerz, den sie jedoch ignorierte. Sie durfte sich aufsetzen, aber sie fürchtete, Evan würde dieses Privileg wieder zurücknehmen, wenn sie auch nur das geringste Anzeichen von Schmerz zeigte. „Einige Landstriche sind eher bewaldet, andere eher felsig."

Evan lachte. „Eine sehr oberflächliche Sichtweise! Für dich sind alle Teile des Waldes gleich."

Diese Beobachtung bedurfte eigentlich keines Kommentars. Maris blieb hartnäckig. „Du hast Thayos niemals verlassen."

Evan zog eine Grimasse. „Einmal", sagte er. „Es hatte einen Unfall gegeben, ein Boot war auf die Felsen aufgelaufen und die Frau, die es gesteuert hatte, war bös verletzt. Man hat mich in einem Fischerboot zu ihr gebracht, um nach ihr zu sehen. Bei der Fahrt wurde ich so schlimm seekrank, daß ich ihr kaum helfen konnte."

Maris lächelte mitfühlend, aber sie schüttelte den Kopf. „Woher weißt du, daß dies der einzige Ort ist, an dem du leben möchtest, wenn du noch nie woanders warst?"

„Ich sag' ja nicht, daß ich es weiß, Maris. Ich hätte die Insel auch verlassen können. Mein Leben hätte ganz anders verlaufen können, aber ich habe dieses Leben gewählt. Dieses Leben kenne ich – es ist mein Leben, ob es gut ist oder schlecht. Jetzt ist es zu spät, den verpaßten Gelegenheiten nachzutrauern. Ich bin glücklich, so wie es ist." Er stand auf und beendete das Gespräch. „Es ist Zeit für dein Nickerchen."

„Darf ich ..."

„Du darfst tun und lassen was du willst, solange du flach auf dem Rücken liegst und dich nicht bewegst."

Maris lachte. Sie ließ es zu, daß er ihr half, sich hinzulegen. Normalerweise hätte sie es nicht gestattet, aber das Sitzen hatte sie ermüdet, und die Ruhepause war ihr willkommen.

Der langsame Heilungsprozeß ihres Körpers deprimierte sie. Außerdem verstand sie nicht, daß ein paar kaputte Knochen sie so leicht ermüdeten. Sie schloß die Augen und lauschte den Geräuschen, die Evan verursachte, während er das Feuer versorgte und den Raum aufräumte.

Sie dachte an Evan. Sie fühlte sich zu ihm hingezogen, zumal die Umstände eine gewisse Vertraulichkeit zwischen ihnen geschaffen hatten. Einmal hatte sie sich vorgestellt, daß sie und Evan, wenn ihre Wunden erst verheilt waren, ein Liebespaar sein könnten. Jetzt, nachdem sie sein Leben kannte, wußte sie es besser. Zu oft hatte Evan sich verliebt und war verlassen worden. Sie mochte ihn sehr und hatte Angst, ihm weh zu tun. Auch wußte sie, daß sie Thayos und Evan wieder verlassen würde, sobald sie fliegen konnte. Deshalb war es besser, entschied sie, während sie einschlief, daß sie einfach Freunde blieben. Sie durfte nicht länger daran denken, wie sehr sie ihn mochte. Sie mußte seine strahlenden blauen Augen und ihre Phantasien bezüglich seines schlanken Körpers und seiner geschickten Hände verdrängen.

Sie lächelte, gähnte und schlief ein. Sie träumte davon, wie sie Evan das Fliegen lehrte.

Am nächsten Morgen kam S'Rella.

Maris war schlaftrunken. Zunächst glaubte sie zu träumen. Der stickige Raum wurde plötzlich frischer und füllte sich mit einer frischen Seebrise. Maris blickte auf und sah S'Rella im Türrahmen stehen. Sie hatte die Flügel über die Arme gelegt. Einen Moment lang sah sie so aus wie das schüchterne schlanke Mädchen, das sie vor zwanzig Jahren gewesen war und dem Maris das Fliegen beigebracht hatte. Sie lächelte selbstsicher. Dieses Lächeln hellte ihr dunkles, schmales Gesicht auf, in dem die Jahre einige Falten hinterlassen hatten. Während sie auf Maris zukam und Salzwasser von ihren Flügeln und ihrer nassen Kleidung spritzte, war das Phantom „S'Rella, die Holzflüglerin", vollkommen verschwunden. Zurückgeblieben war S'Rella von Veleth, eine erfahrene Fliegerin und Mutter von zwei erwachsenen Töchtern.

Die beiden Frauen umarmten sich umständlich, weil die große Stütze, die Maris linken Arm schiente, im Weg war. Aber sie umarmten sich in wilder Leidenschaft.

„Ich bin sofort gekommen, als ich es hörte, Maris", sagte S'Rella. „Es tut mir leid, daß du so lange allein hier liegen mußtest, aber die Verständigung unter den Fliegern ist nicht mehr so gut, wie sie einmal war, besonders unter den Holzflüglern. Eigentlich wäre ich gar nicht hier, aber ich mußte eine Botschaft nach Groß Shotan bringen. Anschließend wollte ich aus einer Laune heraus den Eyrie besuchen. Es muß schon vier oder fünf Jahre her sein, seit ich zuletzt dort war. Corina war gerade aus Amberly angekommen. Sie erzählte mir, daß ein Flieger aus dem Osten von deinem Unfall berichtet hatte. Ich bin sofort aufgebrochen, weil ich mir Sorgen machte ..." Sie bückte sich, um ihre Freundin noch einmal zu küssen. Beinahe wären ihr die Flügel aus der Hand geglitten.

„Ich werde sie für dich aufhängen", sagte Evan ruhig und kam auf sie zu. S'Rella gab sie ihm, ohne ihn anzusehen. Ihre ganze Aufmerksamkeit gehörte Maris.

„Wie ... geht es dir?" fragte sie.

Maris lächelte. Mit ihrem gesunden Arm warf sie die Decke zurück und zeigte ihre beiden geschienten Beine. „Gebrochen, wie du siehst, aber sie heilen gut. Jedenfalls hat Evan mir das versichert. Meine Rippen tun mir kaum noch weh. Und ich bin sicher, daß die Schienen bald abgenommen werden können – meine Beine jucken entsetzlich." Sie machte ein finsteres Gesicht und zog einen langen Strohhalm aus der Vase auf ihrem Nachttisch. Sie versuchte angestrengt, den Halm zwischen Bein und Schiene zu schieben. „Manchmal nützt es was, aber manchmal macht es das ganze nur noch schlimmer, weil es kitzelt."

„Und was ist mit deinem Arm?"

Maris sah Evan an und wollte eine Antwort von ihm hören.

„Laß mich da raus, Maris", sagte er. „Du weißt es ebensogut wie ich. Dein Arm heilt gut, und es hat keine weitere Infektion gegeben. Was deine Beine betrifft, so wirst du sie in ein paar Tagen nach Herzenslust bewegen können."

Maris stieß einen kleinen Freudenschrei aus. Dann holte sie tief Luft. Sie wurde blaß und schluckte trocken.

Besorgt ging Evan zu ihrem Bett. „Was ist passiert? Wo tut es dir weh?"

„Nichts", sagte Maris schnell. „Nichts. Mir war nur übel, das ist alles. Ich habe meinen Arm ungeschickt bewegt."

Evan nickte, aber diese Erklärung stellte ihn nicht zufrieden. „Ich werde Tee kochen", sagte er und ließ die beiden Frauen allein.

„Wie steht es mit deinen Neuigkeiten", sagte Maris. „Meine kennst du ja nun. Evan war wundervoll, aber das Gesundwerden dauert so lange. Ich fühle mich von allem abgeschnitten."

„Ja, der Ort liegt sehr weit draußen", stimmte S'Rella zu. „Und er ist kalt." Die Leute von den Südinseln dachten, die ganze Welt außerhalb ihres Archipels wäre kalt. Maris grinste – ein alter Witz zwischen den beiden – und streichelte S'Rellas Hand.

„Womit soll ich anfangen?" fragte S'Rella. „Mit den guten Nachrichten, oder mit den schlechten? Gerüchte oder Politik? Du bist diejenige, die ans Bett gefesselt ist, Maris. Was möchtest du wissen?"

„Alles", sagte Maris, „aber erzähl mir zunächst von deinen Töchtern."

S'Rella lächelte. „S'Rena hat sich entschieden, Arno zu heiraten. Er hat eine Bude für Fleischpasteten im Hafen von Garr. Sie hat den einzigen Obstpastetenstand, und so ist es nur natürlich, daß sich die beiden entschieden haben, ihre Geschäfte zusammenzulegen."

Maris lachte. „Eine überaus vernünftige Idee."

S'Rella seufzte. „O ja, eine Heirat aus Bequemlichkeit und Geschäftstüchtigkeit. In S'Rena steckt kein bißchen Romantik – manchmal kann ich kaum glauben, daß sie meine Tochter ist."

„Marissa besitzt genug Romantik für zwei. Wie geht es ihr?"

„Oh, keine Ahnung. Sie hat sich in einen Sänger verliebt. Ich habe seit Monaten nichts mehr von ihr gehört."

Evan brachte zwei Tassen heißen Tees seiner eigenen Mischung, einer aromatischen Sorte aus weißen Blüten. Dann zog er sich diskret zurück. „Gibt es Neuigkeiten aus Eyrie?" fragte Maris.

„Wenige und keine guten. Jamis ist auf einem Flug von Geer nach Klein Shotan verschwunden. Die Flieger befürchten, daß er im Meer ertrunken ist."

„Oh", sagte Maris. „Das tut mir leid. Ich kannte ihn zwar nicht näher, aber er war als guter Flieger bekannt. Sein Vater führte damals den Vorsitz in der Fliegerversammlung, als wir das Akademiesystem ins Leben riefen."

„S'Rella nickte. „Lori von Varon hat ein Kind geboren", fuhr sie fort, „aber es war kränklich und starb noch in der ersten Woche. Sie ist völlig fertig. Garret natürlich auch. T'Katins Bruder wurde in einem Sturm getötet. Er war Kapitän auf einem Handelsschiff, wie du weißt. Man sagt, der Sturm hätte die ganze Flotte vernichtet. Schlimme Zeiten, Maris. Ich habe gehört, sie befinden sich gegen Lomarron im Krieg."

„Auf Thayos wird es über kurz oder lang auch Krieg geben", sagte Maris betrübt. „Hast du keine erfreulichen Nachrichten?"

S'Rella schüttelte den Kopf. „Eyrie war kein fröhlicher Ort. Ich hatte das Gefühl, nicht besonders willkommen zu sein. Einflügler gehen niemals dorthin, aber ich war da. Ich bin in das letzte Heiligtum der geborenen Flieger eingedrungen. Das hat ihnen nicht gefallen, obwohl Corina und einige andere versuchten, sehr höflich zu sein."

Maris nickte. Das war eine alte Geschichte. Ständig gab es Spannungen zwischen den geborenen Fliegern und den Einflüglern, die ihre Flügel erst in den Wettkämpfen erringen mußten. Jedes Jahr gab es mehr Landgebundene, die die Luft für sich beanspruchten, und die alten Fliegerfamilien fühlten sich dadurch bedroht. „Wie geht es Val", fragte sie.

„Val ist Val", sagte S'Rella. „Reicher als je zuvor, aber andererseits hat er sich nicht verändert. Als ich Seezahn das letztemal besuchte, trug er einen Gürtel aus Metallgliedern. Keine Ahnung, was so etwas kostet. Er arbeitet viel mit den Holzflüglern. Sie sehen alle zu ihm auf. Die restliche Zeit verbringt er damit, in Sturmstadt mit Athen, Damen, Ro und den anderen Einflüglerfreunden Partys zu feiern. Ich habe gehört, daß er etwas mit einer Landgebundenen aus Poweet hat, aber ich glaube nicht, daß Cara etwas davon weiß. Ich habe versucht, ihn deshalb zur Rede zu stellen, aber du weißt ja, wie selbstgerecht Val sein kann . . ."

Maris lächelte. „O ja", sagte sie und trank einen Schluck Tee, während S'Rella fortfuhr. Das Gespräch kreiste die ganze Zeit um Windhaven. Sie sprachen über andere Flieger, über Freunde, über Familienangehörige und über Orte, die sie beide bereist hatten. Sie führten eine langandauernde und ausschweifende Unterhaltung. Maris fühlte sich wohl, sie war glücklich und entspannt. Ihre Gefangenschaft würde bald ein Ende haben. In einigen Tagen würde sie wieder laufen können. Dann würde sie trainieren, um wieder Kraft zum Fliegen zu haben. Aber S'Rella, ihre beste Freundin, würde nicht bei ihr sein, um sie an das wirkliche Leben, das außerhalb dieser dicken Mauern auf sie wartete, zu erinnern.

Einige Stunden später leistete Evan ihnen Gesellschaft. Er hatte eine Platte mit Käse und Früchten, frisch gebackenes dunkles Brot und Rührei mit wilden Zwiebeln und Paprika mitgebracht. Alle drei aßen hungrig. Die Unterhaltung und die neue Hoffnung hatten Maris einen Bärenhunger bereitet.

Man kam auf die Politik zu sprechen. „Wird es hier wirklich Krieg geben?“ fragte S'Rella. „Worin liegt die Ursache?“

„Ein Felsen“, murmelte Evan. „Ein Felsen, der kaum einen halben Kilometer breit und zwei Kilometer lang ist. Er hat nicht einmal einen Namen. Er liegt genau in der Mitte zwischen Thayos und Thrane, in der Meerenge von Tharin. Alle haben geglaubt, er wäre völlig wertlos. Aber jetzt hat man entdeckt, daß er eisenhaltig ist. Eine Gruppe aus Thrane hat es gefunden und begonnen, danach zu graben. Sie wollen ihr Recht daran nicht abtreten, aber der Felsen liegt näher an der Grenze zu Thayos, als an der von Thrane, deshalb erhebt unser Landmann Anspruch darauf. Er hat ein Dutzend Landwächter ausgeschickt, um die Mine zu besetzen, aber sie wurden zurückgeschlagen, und nun versucht Thrane den Felsen zu verteidigen.“

„Thayos hat kaum eine Chance“, sagte S'Rella. „Will euer Landmann deshalb wirklich in den Krieg ziehen?“

Evan seufzte. „Ich wünschte, es wäre anders. Aber der Landmann von Thayos ist kriegerisch veranlagt. In einem früheren Fischereikrieg hat er Thrane einmal bezwungen, und er ist sicher, daß er es wieder schaffen kann. Er würde lieber viele Menschen opfern, statt einen Kompromiß einzugehen.“

„Die Botschaft, die ich nach Thrane überbringen sollte, war voller Drohungen“, gab Maris preis. „Es wundert mich, daß der Krieg noch nicht ausgebrochen ist.“

„Beide Inseln sammeln Verbündete, Waffen und Versprechungen“, sagte Evan. „Man erzählte mir, daß die Flieger jeden Tag kommen und gehen. Zweifellos wird dir der Landmann eine Botschaft mitgeben, wenn du gehst, S'Rella. Unsere eigenen Flieger, Tya und Jem, hatten seit Monaten keine Pause. Jem hat die meisten Botschaften über die Meerenge geflogen, und Tya hat den potentiellen Verbündeten Angebote und Versprechungen unterbreitet. Glücklicherweise schien aber niemand an der Sache interessiert. Nach und nach ist sie mit Weigerungen zurückgekehrt. Auf diese Weise bleibt der Krieg hier in der Bucht.“ Er seufzte wieder. „Aber es ist nur eine Frage der Zeit“, sagte er mit schwacher Stimme, „und es wird viele Tote geben, bis alles vorüber ist. Wahrscheinlich werden sie mich rufen, um die Verwundeten zu versorgen. Der nackte Hohn – in Kriegszeiten muß ein Heiler die Symptome behandeln, ohne daß man ihm erlaubt, über die eigentlichen Ursachen des Krieges zu reden, es sei denn, er ist bereit, sich als Verräter einsperren zu lassen.“

„Ich nehme an, ich sollte erleichtert sein, nichts damit zu tun zu haben“, sagte Maris. Aber ihre Stimme klang widerstrebend. Sie dachte anders über den Krieg als Evan; Flieger standen über solchen Konflikten, genauso wie sie über dem trügerischen Meer schwebten. Sie waren neutral, und ihnen durfte kein Schaden zugefügt werden. Objektiv war der Krieg eine bedauerliche Sache, aber bisher hatte weder Maris, noch jemand, den sie liebte, direkt etwas damit zu tun gehabt, deshalb saß ihre Angst davor nicht sehr tief. „Als ich jünger war, konnte ich eine Botschaft auswendig lernen, ohne sie richtig gehört zu haben. Anscheinend habe ich dieses Talent verloren. Manche Worte, die ich überbringen mußte, haben mir die Freude am Fliegen verdorben.“

„Das kenne ich“, stimmte S'Rella zu. „Ich habe die Ergebnisse einiger meiner Botschaften gesehen, und manchmal fühlte ich mich schuldig.“

„Das brauchst du nicht“, sagte Maris. „Du bist ein Flieger. Du trägst keine Verantwortung.“

„Val sieht das anders“, sagte S'Rella. „Ich habe einmal mit ihm darüber diskutiert. Er ist der Meinung, wir seien verantwortlich.“

„Das ist verständlich“, sagte Maris.

S'Rella blickte sie verständnislos an. „Warum?“

„Hat er dir nichts davon erzählt?“ sagte Maris. „Sein Vater

wurde gehängt. Ein Flieger überbrachte den Hinrichtungsbefehl von Lomarron nach Süd Arren. Arak war derjenige. Erinnerst du dich noch an ihn?"

„Nur zu gut", sagte S'Rella. „Val verdächtigt ihn, hinter dem Überfall auf ihn zu stecken. Ich erinnere mich noch, wie wütend er war, daß er die Angreifer nicht ausfindig machen konnte." Sie lächelte bitter. „Ich kann mich auch noch an das Fest erinnern, das er auf Seezahn gegeben hat, als Arak starb. Er spendierte schwarzen Kuchen und vieles mehr."

Evan blickte die beiden Frauen nachdenklich an. „Warum überbringst du die Botschaften, wenn du dich schuldig fühlst?" fragte er S'Rella.

„Warum? Ich bin eine Fliegerin", sagte S'Rella. „Das ist mein Beruf. Die Verantwortung hängt an den Flügeln."

„Wahrscheinlich", sagte Evan. Er stand auf und stellte die leeren Teller zusammen. „Diese Haltung könnte ich nicht einnehmen", gestand er freimütig. „Aber ich bin ein Landgebundener und kein Flieger. Ich wurde nicht für die Flügel geboren."

„Wir auch nicht", begann Maris, aber Evan verließ den Raum. Sie spürte einen Anflug von Verdruß, aber S'Rella führte das Gespräch fort, und Maris vergaß über der Unterhaltung, worüber sie sich geärgert hatte.

Endlich war es soweit. Die Schienen konnten entfernt werden. Ihre Beine wurden befreit, und Evan versprach ihr, daß es mit dem Arm auch nicht mehr lange dauern würde.

Beim Anblick ihrer Beine stieß Maris einen Schrei aus. Sie waren so dünn und blaß und sahen seltsam aus. Evan massierte sie vorsichtig und wusch sie mit einer warmen Kräuterlotion ab. Dann knetete er die Muskeln, die so lange untätig gewesen waren, Maris seufzte vor Vergnügen und entspannte sich.

Als Evan endlich fertig war, stand er auf, stellte die Schüssel beiseite und legte das Handtuch weg. Maris platzte vor Ungeduld. „Kann ich laufen?" fragte sie.

Er sah sie grinsend an. „Kannst du es?"

Ihr Herz sprang vor Freude und Erwartung. Sie setzte sich auf und ließ die Beine über die Bettkante hängen. S'Rella bot ihr ihre Hilfe an, aber Maris schüttelte den Kopf und deutete ihrer Freundin an, daß sie weggehen sollte.

Dann stand sie ohne fremde Hilfe auf ihren beiden Beinen. Aber etwas war nicht in Ordnung. Ihr wurde schwindelig. Sie sagte zwar nichts, aber ihr Gesicht sprach Bände.

Evan und S'Rella kamen näher. „Was ist los?" fragte Evan.

„Ich, ich bin wohl zu schnell aufgestanden." Sie schwitzte und hatte Angst, sich zu bewegen, Angst, umzufallen oder ohnmächtig zu werden oder sich übergeben zu müssen.

„Halb so schlimm", sagte Evan. „Nimm dir Zeit." Seine Stimme klang warm und freundlich. Er nahm ihren gesunden Arm, während sich S'Rella auf der linken Seite bereithielt. Jetzt versuchte sie nicht mehr, die Hilfe auszuschlagen und allein zu gehen.

„Einen Schritt nach dem anderen", sagte Evan.

Auf die beiden gestützt und von ihnen geführt, machte Maris ihre ersten Gehversuche. Ihr war immer noch übel, und ihr Gleichgewichtssinn war durcheinander. Gleichzeitig empfand sie jedoch ein Gefühl des Triumphes. Ihre Beine funktionierten wieder.

„Darf ich es jetzt allein versuchen?"

„Ja, warum nicht."

Maris machte ihren ersten Schritt ohne fremde Hilfe, dann ihren zweiten. Sie lebte auf. Wie leicht es ging. Ihre Beine waren so gut wie immer. Sie ignorierte die Übelkeit in ihrem Magen und versuchte den dritten Schritt. Der Raum kippte zur Seite.

Sie ruderte mit den Armen und stolperte auf der Suche nach Halt in einem Zimmer, das sich ständig bewegte. Evan fing sie auf.

„NEIN!" rief sie. „Ich kann es allein ..."

Er half ihr hoch und stützte sie.

„Laß es mich bitte probieren."

Maris wischte sich mit zitternden Händen den Schweiß von der Stirn und blickte sich im Zimmer um. Der Raum war ruhig und bewegte sich nicht. Auch der Fußboden war eben wie immer. Mit steifen Beinen stand sie da, nahm einen tiefen Atemzug und begann zu laufen.

Plötzlich entglitt der Boden ihren Füßen und hätte sie fast ins Gesicht geschlagen, wenn Evan sie nicht aufgefangen hätte.

„S'Rella, gib mir die Schüssel", sagte er.

„Mir geht's gut ... ich kann laufen ... laß mich ..." Dann konnte sie nichts mehr sagen, weil sie sich übergeben mußte. Glücklicherweise hielt ihr S'Rella eine Schüssel hin.

Anschließend fühlte sie sich zwar noch schwach, aber es ging ihr besser. Evan führte sie zum Bett zurück.

„Woran liegt das? fragte Maris ihn.

Er schüttelte den Kopf, sah aber besorgt aus. „Vielleicht ist es nur die ungewohnte Anstrengung“, sagte er und wandte sich um. „Ich muß jetzt gehen und nach einem Baby sehen, das an Koliken leidet. In ungefähr einer Stunde bin ich zurück. Steh nicht auf, bevor ich wieder hier bin.“

Sie war glücklich, als Evan ihren Arm von der Schiene befreite und stellte voller Freude fest, daß der Arm stark und ohne bleibenden Schaden war. Sie wußte, daß sie hart arbeiten mußte, bis die Muskeln wieder so kräftig waren, um damit fliegen zu können, aber der Gedanke an lange, harte Übungsstunden gefiel ihr.

Viel zu bald gab S'Rella bekannt, daß sie Maris verlassen mußte. Der Landmann von Thayos hatte einen Läufer geschickt. „Er hat eine dringende Botschaft für Nord Arren“, erklärte sie Maris und Evan, wobei sie ein finsteres Gesicht machte, „und seine eigenen Flieger sind bereits unterwegs. Aber ich hätte sowieso aufbrechen müssen. Ich muß nach Veleth zurück.“

Zum Abschied hatten sie sich um Evans groben Holztisch in der Küche versammelt. Sie tranken Tee und aßen Brot mit Butter zum Frühstück. Maris streckte die Hand über den Tisch und ergriff S'Rellas Hand. „Ich werde dich vermissen“, sagte sie, „aber ich bin glücklich, daß du gekommen bist.“

„Ich komme so schnell zurück, wie ich kann“, sagte S'Rella, „aber ich fürchte, sie haben einige Aufträge für mich. Auf jeden Fall werde ich von deiner Genesung berichten. Deine Freunde werden erleichtert sein, das zu hören.“

„Maris ist noch nicht völlig in Ordnung“, sagte Evan ruhig.

„Oh, das ist nur eine Frage der Zeit“, sagte Maris voller Optimismus. „Wenn alle S'Rellas frohe Botschaft vernommen haben, werde ich schon wieder fliegen.“

Sie hatte kein Verständnis für seine Besorgnis. Eher hatte sie erwartet, ihn mit ihrer Einstellung überzeugen zu können, wenn der Arm erst von der Schiene befreit war. „Vielleicht treffe ich dich am Himmel, bevor du hierher zurückkehrst.“

Evan sah S'Rella an. „Ich begleite dich zur Straße“, bot er an.

„Mach dir keine Umstände“, sagte sie. „Ich kenne den Weg.“

„Ich möchte dich aber abfliegen sehen.“

Irgend etwas in seinem Tonfall ließ Maris erstarren. „Du kannst es ruhig sagen“, sagte sie. „Was immer es ist, ich will es wissen.“

„Ich habe dich niemals belogen, Maris“, sagte Evan. Er seufzte und ließ die Schultern hängen. Plötzlich erschien er Maris wie ein alter Mann.

Evan lehnte sich im Sessel zurück, aber er sah Maris unablässig in die Augen. „Hast du dich nicht gewundert, warum dir ständig schwindelig ist, wenn du zu plötzlich aufstehst oder dich bewegst?“

„Ich bin noch etwas schwach und muß vorsichtig sein. Das ist alles“, verteidigte sich Maris. „Alle meine Glieder sind untersucht worden.“

„Ja, ja. Um deine Beine und deinen Arm brauchen wir uns keine Sorgen zu machen. Aber etwas stimmt nicht mit dir. Etwas, das man weder einrenken noch schienen oder heilen kann. Es muß passiert sein, als du mit dem Kopf auf den Felsen geschlagen bist. Dein Gehirn hat dabei Schaden genommen. Dein Gleichgewichtssinn, deine räumliche Wahrnehmung und dein Sehvermögen sind beeinträchtigt worden. Ich kann es nicht genau sagen. Ich weiß so wenig – niemand weiß viel . . .“

„Mit mir ist alles in Ordnung“, sagte Maris bestimmt. „Zuerst war ich schwach und mir war schwindelig, aber mir geht es ständig besser. Ich kann wieder gehen – das mußt du zugeben –, und ich werde wieder fliegen können.“

„Du lernst, dich anzupassen und Kompromisse zu schließen, das ist alles“, sagte Evan. „Aber dein Gleichgewichtssinn wurde beschädigt. Wahrscheinlich wirst du lernen, dich auf dem Boden zu bewegen, aber in der Luft . . . Du hast diese Fähigkeit, die du in der Luft brauchst, wahrscheinlich verloren. Ohne diesen Sinn wirst du nicht fliegen können. Zu viel hängt von ihm ab . . .“

„Was weißt du schon vom Fliegen? Wie kannst du mir sagen, was ich dazu brauche?“ Ihre Stimme war hart und kalt wie Eis.

„Maris“, flüsterte S’Rella und versuchte ihre Hand zu nehmen, aber Maris zog sie sofort weg.

„Ich glaube dir nicht“, sagte Maris. „Ich werde wieder völlig in Ordnung kommen. Ich werde wieder fliegen. Ich bin nur ein bißchen krank, das ist alles. Warum rechnest du mit dem Schlimmsten? Warum sollte ich das tun?“

Evan saß da, ohne ein Wort zu sagen und dachte nach. Dann stand er auf und ging in die Ecke neben der Tür, wo das Feuerholz aufbewahrt wurde. Etwas abseits von den Holzscheiten und dem

Anbrennholz lagen einige lange dünne Bretter, altes Bauholz, aus dem Evan die Schienen schnitt. Er wählte eines von zwei Metern Länge, zwanzig Zentimetern Breite und fünf Zentimetern Dicke aus und legte es auf den Küchenboden.

Er richtete sich auf und blickte Maris an. „Kannst du darauf laufen?"

Voll spöttischer Überraschung zog Maris die Augenbrauen hoch. Absurd. Ihr Magen war völlig angespannt. Natürlich konnte sie das. Sie konnte sich nicht vorstellen, diesen Test nicht zu bestehen.

Sie erhob sich langsam von dem Stuhl und hielt sich mit der Hand an der Tischkante fest. Vorsichtig, aber nicht zu langsam ging sie zu Evan hinüber. Der Boden kippte weder, noch wackelte er unter ihren Füßen wie am ersten Tag. Absurd, daß etwas mit ihrem Gleichgewichtssinn nicht stimmen sollte. Auf ebener Erde würde sie nicht fallen, und sie würde auch nicht aus einer Höhe von fünf Zentimetern abstürzen.

„Soll ich auf einem Bein hüpfen?" fragte sie Evan.

„Geh einfach ganz normal."

Maris stieg auf den Balken. Er war nicht so breit, daß sie beide Füße nebeneinander aufsetzen konnte, deshalb mußte sie, ohne zu überlegen, gleich zwei Schritte machen. Dabei dachte sie an die hohen Klippenränder, auf denen sie als Kind balanciert war. Die waren viel schmaler gewesen.

Der Balken wackelte unter ihren Füßen. Maris konnte sich nicht beherrschen. Sie schrie laut auf, während sie zur Seite fiel. Evan fing sie auf.

„Du hast gegen das Brett gestoßen", sagte sie voller Wut. Aber die Worte erschienen ihr selbst trotzig und kindisch. Evan sah sie an, ohne etwas zu sagen. Maris versuchte sich zu beruhigen. „Es tut mir leid", sagte sie. „Ich habe es nicht so gemeint. Laß es mich noch einmal versuchen."

Ohne ein Wort zu sagen, ließ er sie gewähren. Voller Spannung stieg Maris auf den Balken und machte drei Schritte. Sie begann zu wackeln. Mit einem Fuß berührte sie den Boden. Sie fluchte und machte einen weiteren Schritt. Dann fühlte sie das Brett schwanken. Es gelang ihr wieder nicht. Sie hob den Fuß und setzte ihn wieder auf das Brett. Ein Schritt vorwärts. Sie kippte zur Seite und fiel hin.

Diesmal fing Evan sie nicht auf. Sie fiel auf Hände und Knie und sprang auf. Ihre Schläfen pochten vor Anstrengung.

„Genug, Maris." Evans zarte Hände halfen ihr auf und zogen sie von dem Brett fort. Maris hörte S'Rella leise weinen.

„Nun gut", sagte Maris und versuchte, ihre Enttäuschung zu unterdrücken. „Etwas ist nicht in Ordnung. Das sehe ich ein. Aber ich bin auf dem Weg der Besserung. Gib mir Zeit. Es wird mir wieder bessergehen, und ich werde wieder fliegen."

Am nächsten Morgen begann Maris ernsthaft zu trainieren. Evan brachte ihr einen Satz steinerner Gewichte, mit denen sie arbeitete. Sie war entsetzt, als sie bemerkte, daß ihre beiden Arme, nicht nur der verletzte, durch die untätige Zeit völlig entkräftet waren.

Erfüllt von der Idee, so bald wie möglich wieder zu fliegen, brachte Maris ihre Flügel zum Schmied des Landmannes, um sie dort reparieren zu lassen. Die Frau war vollkommen mit der Vorbereitung des bevorstehenden Krieges beschäftigt, aber der Wunsch eines Fliegers wurde niemals verwehrt. Sie versprach, die Streben innerhalb einer Woche zu reparieren, und sie hielt ihr Wort.

An dem Tag, als die Flügel zurückgebracht wurden, untersuchte sie Maris sorgfältig. Sie faltete sie auseinander und wieder zusammen, bewegte die Streben, prüfte das Gewebe, um sicher zu sein, daß es dicht und richtig gespannt war. Ihre Hände waren dabei so geschickt, als hätten sie nie etwas anderes getan. Es waren die Hände einer Fliegerin. Nichts auf der Welt konnten sie besser, als ein Paar Flügel spannen. Maris war fast versucht, sich die Flügel umzuschnallen und zur Fliegerklippe zu gehen. Fast, aber nicht ganz. Ihr Gleichgewichtssinn war noch nicht wieder vollkommen hergestellt, obwohl sie schon fester auf den Füßen stand als zuvor. Jede Nacht unterzog sie sich heimlich dem Balkentest. Bisher war es ihr noch nicht gelungen, ihn ganz zu überschreiten. Aber sie übte fleißig. Noch war sie nicht für die Flügel bereit. Aber bald würde sie es sein. Bald.

Wenn sie nicht trainierte, begleitete sie manchmal Evan auf seinen Spaziergängen in den Wald, wo er Kräuter sammelte oder Patienten besuchte. Er lehrte sie die Namen der Pflanzen, die er für seine Arbeit brauchte und erklärte ihr, wozu die Kräuter dienten, wann man sie verwenden sollte und wie. Er zeigte ihr auch alle möglichen Tiere. Das Wild in den Wäldern des Ostens unterschied sich von den Bewohnern der Wälder auf Klein Amberly. Maris fand die Tiere faszinierend. Evan kannte sich im Wald so gut aus, daß die Tiere ihn nicht fürchteten. Fremdartige weiße Krähen mit roten Augen nahmen Brotkrumen aus seiner Hand. Er kannte die verborgenen Eingänge von den Schlupfwinkeln der Höhlenaffen, die die Wildnis wabenartig durchlöcherten. Einmal griff er ihren Arm und zeigte ihr den Kapuzenhenker, der anmutig von Ast zu Ast glitt und eine nicht sichtbare Beute verfolgte.

Maris erzählte ihm die Abenteuer, die sie am Himmel und auf anderen Inseln erlebt hatte. Seit fast vierzig Jahren war sie eine Fliegerin, und sie war immer noch begeistert davon. Sie erzählte ihm vom Leben auf Klein Amberly, von Sturmstadt mit seinen Windmühlen und seinen Kais, von den ungeheueren blau-weißen Gletschern Artellias und den Vulkanen auf Embers. Sie erzählte von der Abgeschiedenheit der Äußeren Inseln, die sich deutlich vom endlosen Ozean im Osten abhoben, und von der Kameradschaft, die auf Eyrie herrschte, bevor die Flieger in zwei Lager gespalten wurden.

Aber sie erwähnte niemals das, was zwischen ihnen lag und sie trennte. Evan unterbrach Maris weder, wenn sie vom Fliegen sprach, noch erwähnte er ihre nicht sichtbare Kopfverletzung. Dieses Thema war wie der Weg an einem steilen Abgrund, der nicht breiter war als ein Brett, über das niemand gehen wollte. Maris behielt ihre gelegentlichen Schwindelanfälle für sich.

Eines Tages, als sie sich wieder auf den Weg machten, bat Maris ihn, nicht tiefer in den Wald hineinzugehen. „Die vielen Bäume geben mir das Gefühl, im Haus zu sein“, erklärte sie. „Ich muß den Himmel sehen, das Meer und die Luft riechen. Wie weit ist das Meer entfernt?“

Evan zeigte gen Norden. „Zwei Meilen in dieser Richtung. Dort wo die Bäume spärlicher werden.“

Maris grinste ihn an. „Deine Stimme klingt enttäuscht. Macht es dich traurig, wenn du nicht von Bäumen umgeben bist? Du mußt ja nicht mitkommen, wenn du es nicht ertragen kannst, aber ich kann nicht verstehen, wie du im Wald atmen kannst. Er ist so finster und geschlossen. Da kann man nichts riechen als Dreck, Verwesung und faules Laub.“

„Ein wundervoller Duft“, sagte Evan und lächelte. Sie gingen

Richtung Norden. „Für meinen Geschmack ist das Meer zu kalt, zu leer und zu groß. Ich fühle mich nur im Wald wohl und zu Hause."

„O Evan, wir beide sind so verschieden!" Sie streichelte seinen Arm und lächelte ihn an. Irgendwie gefiel ihr der Kontrast. Sie warf den Kopf in den Nacken und atmete tief durch. „Ja, ich kann das Meer schon riechen!"

„Du konntest es schon auf meiner Türschwelle riechen – überall auf Thayos kann man das Meer riechen", sagte Evan.

„Der Geruch des Waldes überlagert den Geruch des Meeres." Je mehr sich der Wald lichtete, desto froher wurde Maris. Ihr ganzes Leben hatte sie am oder über dem Meer verbracht. Jeden Morgen, wenn sie in Evans Haus erwachte, hatte sie es vermißt, so wie sie das Schlagen der Wellen und den scharfen Salzgeruch vermißt hatte. Aber am meisten hatte sie den Anblick der unermeßlichen Weite unter dem ebenso unendlichen und turbulenten Himmel vermißt.

Die Baumgrenze endete abrupt. Die felsigen Klippen begannen. Maris rannte los. Am Rand der Klippe hielt sie an, atmete schwer und betrachtete die See und den Himmel.

Der Himmel war indigoblau, mit schnell treibenden grauen Wolken. In dieser Höhe war der Wind relativ mild, aber anhand einiger Aasdrachen, die ihre Kreise weiter oben zogen, konnte Maris sehen, daß gutes Flugwetter war. Vielleicht kein Tag für eilige Botschaften, aber ein guter Tag für Spielereien, fürs Tauchen und Lachen in der kühlen Luft.

Sie hörte Evan näher kommen. „Du willst doch wohl nicht abstreiten, daß das wundervoll ist", sagte sie, ohne sich umzudrehen. Sie machte einen Schritt weiter auf den Klippenrand zu und sah hinab. Unter ihr versank die Welt.

Sie rang nach Luft und ruderte mit den Armen um festen Halt, aber sie fiel, fiel, fiel – selbst Evans Arme, die er fest um sie gelegt hatte, konnten ihr kein Gefühl der Sicherheit geben.

Den ganzen nächsten Tag stürmte es. Maris verbrachte den Tag im Haus. Sie litt unter Depressionen und dachte darüber nach, was auf der Klippe geschehen war. Sie trainierte nicht. Sie aß lustlos und mußte sich zwingen, die Flügel auszubreiten. Evan beobachtete sie besorgt, ohne ein Wort zu sagen.

Auch am nächsten Tag hielt der Regen an, aber das Schlimmste des Sturms war vorüber, und die Niederschläge wurden milder.

Evan kündigte an, daß er ausgehen wollte. „Ich muß etwas in Port Thayos besorgen", sagte er, „einige Kräuter, die hier nicht wachsen. Letzte Woche ist ein Händler angekommen. Vielleicht kann ich meine Vorräte bei ihm aufstocken."

„Vielleicht", sagte Maris mürrisch. Sie war müde, obwohl sie an diesem Morgen nichts getan hatte, außer zu frühstücken. Sie fühlte sich alt.

„Hast du nicht Lust mitzukommen? Du hast Port Thayos noch nicht gesehen."

„Nein", sagte Maris. „Dazu habe ich im Moment keine Lust. Ich werde den Tag hier verbringen."

Evan zog die Stirn in Falten, aber er ergriff trotzdem seinen schweren Regenmantel. „Nun gut", sagte er. „Vor Einbruch der Dunkelheit bin ich zurück."

Aber es war schon lange dunkel, als der Heiler endlich zurückkehrte. Er trug einen Korb mit Kräutern in Flaschen. Es hatte aufgehört zu regnen. Als die Sonne unterging, hatte Maris sich Sorgen um ihn gemacht. „Du kommst spät", sagte sie, als er eintrat und den Regen von seinem Mantel schüttelte.

„Bist du in Ordnung?"

Er lächelte. Maris hatte ihn noch nie so fröhlich gesehen. „Neuigkeiten, gute Neuigkeiten", sagte er. „Der Hafen ist voll davon. Es wird keinen Krieg geben. Die Landmänner von Thayos und Thrane haben sich zu einem persönlichen Treffen auf dem strittigen Felsen bereiterklärt. Dort wollen sie einen Kompromiß bezüglich der Schürfrechte ausarbeiten."

„Kein Krieg", sagte Maris ein wenig matt. „Gut, gut. Aber irgendwie seltsam. Wie kam es dazu?"

Evan entzündete ein Feuer und setzte Tee auf. „Oh, es war mehr oder weniger Zufall", sagte er. „Tya kehrte von einer weiteren Mission ohne eine Antwort zurück. Unser Landmann wurde von allen Seiten zurückgewiesen. Ohne Verbündete konnte er sein Schürfrecht nicht durchsetzen. Er ist deswegen sehr wütend, wurde mir gesagt, aber was sollte er tun? Nichts. Aus diesem Grund hat er Jem nach Thrane geschickt, um ein Treffen zu vereinbaren, bei dem verhandelt werden sollte. Etwas ist besser als nichts. Ich hätte gedacht, daß er auf Cheslin oder Thrynel Unterstützung findet, vor allem wenn er ihnen einen genügend großen Eisenanteil bietet. Außerdem gibt es zwischen Thrane und Arrens sicherlich keine freundschaftlichen Gefühle." Evan lachte. „Aber was spielt das für eine Rolle? Der Krieg ist vorbei. Port Thayos taumelt vor Erleichterung, außer einigen Landwachen, die gehofft hatten, mit Taschen voller Eisen zurückzukehren. Alle feiern. Wir sollten auch feiern."

Evan ging zu seinem Korb und wühlte in den Kräutern. Er zog einen großen Mondfisch heraus. „Ich dachte, Meeresfrüchte würden dir gefallen", sagte er. „Ich kenne ein Rezept mit Thymian und Mandeln, das wird deine Zunge zum Singen bringen." Er nahm ein langes Knochenmesser und nahm den Fisch aus. Während er arbeitete, pfiff er vergnügt. Seine gute Laune war derart ansteckend, daß auch Maris lachen mußte.

Plötzlich klopfte es an der Tür.

Evan blickte verwundert auf. „Zweifellos ein Notfall", sagte er fluchend. „Mach bitte auf, Maris. Meine Hände sind voller Fisch."

Das Mädchen, das in der Tür stand, trug eine grüne mit Pelz besetzte Uniform. Eine Landwache. Eine Läuferin des Landmannes. „Bist du Maris von Klein Amberly?" fragte sie.

„Ja", sagte Maris.

Das Mädchen nickte. „Der Landmann von Thayos sendet dir seine besten Grüße und bittet dich und den Heiler Evan, ihm morgen abend bei einem Dinner die Ehre zu geben, falls deine Gesundheit es erlaubt."

„Meine Gesundheit erlaubt es", gab Maris schnippisch zurück. „Wie kommen wir zu der Ehre, mein Kind?"

Trotz seines Alters ging eine gewisse Ernsthaftigkeit von dem Mädchen aus. „Der Landmann hat alle Flieger eingeladen. Daß du in seinen Diensten verletzt wurdest, hat ihn schwer getroffen. Er möchte allen Fliegern, die in der vergangenen Krise für Thayos geflogen sind, seine Dankbarkeit zeigen, selbst wenn der Einsatz nur kurz war."

„Oh", sagte Maris, die damit noch nicht zufrieden war, denn der Landmann von Thayos war ihr nicht wie jemand erschienen, der darauf bedacht ist, seine Dankbarkeit zu zeigen. „Ist das alles?"

Das Mädchen zögerte. Seine Sicherheit schien zu weichen, und Maris erkannte, daß es tatsächlich noch sehr jung war. „Dies gehört nicht zu der Botschaft, Fliegerin, aber ..." Evan hatte aufgehört zu arbeiten und hatte sich hinter Maris gestellt.

„Heute am Spätnachmittag ist eine Fliegerin mit einer vertraulichen Botschaft für den Landmann angekommen. Er hat sie in seinen Privaträumen empfangen. Ich glaube, sie war aus dem Westen. Sie war sonderbar gekleidet und trug ihre Haare sehr kurz."

„Beschreibe sie, wenn du kannst", sagte Maris. Sie nahm eine Kupfermünze aus der Tasche und spielte damit.

Das Mädchen sah die Münze und lächelte. „Oh, sie war aus dem Westen, jung, zwanzig oder fünfundzwanzig. Sie hatte schwarze Haare, geschnitten wie deine. Sie war sehr hübsch. Ich glaube, ich habe noch nie jemanden gesehen, der so schön ist. Sie hatte ein hübsches Lächeln, für meinen Geschmack, aber der Wirt mochte sie nicht. Sie sagten, sie hätte ihnen nicht einmal für ihre Hilfe gedankt. Grüne Augen. Sie trug einen Stehkragen mit drei Litzen aus farbigem Seeglas. Reicht das?"

„Ja", sagte Maris. „Du bist ein guter Beobachter." Sie gab dem Mädchen die Münze.

„Kennst du sie?" fragte Evan. „Diese Fliegerin?"

Maris nickte. „Ich kenne sie, seit sie geboren wurde. Auch ihre Eltern kenne ich sehr gut."

„Wer ist sie?" fragte er ungeduldig.

„Corina", sagte Maris, „von Klein Amberly."

Die Läuferin blieb an der Tür stehen. Maris sah sie fragend an. „Ja?" fragte sie. „Ist noch etwas? Wir nehmen die Einladung selbstverständlich an. Richte dem Landmann unseren Dank aus."

„Da ist noch etwas", sagte das Mädchen. „Ich hätte es beinahe vergessen. Der Landmann bittet dich untertänigst, deine Flügel mitzubringen, wenn es deine Gesundheit erlaubt."

„Selbstverständlich", sagte Maris. „Selbstverständlich."

Sie schloß die Tür.

Die Feste des Landmannes von Thayos war ein finsterer, kriegerischer Ort, der in einiger Entfernung von den Städten und Dörfern der Insel in einem schmalen abgeschlossenen Tal lag. Sie lag dicht am Meer, war aber durch eine massive Felswand davor geschützt. Zu Land führten nur zwei Wege dorthin. Beide wurden von Landwachen gesichert. Auf der höchsten Erhebung stand ein steinerner Wachturm. Alle Pfade, die zur Festung führten, liefen geradewegs auf ihn zu.

Die Festung selbst war alt und düster. Sie war aus großen verwitterten schweren Steinblöcken erbaut. Die Rückseite der Festung lag zum Berg hin. Von ihrem letzten Besuch wußte Maris, daß der größte Teil der Räume unter der Erdoberfläche lag. Sie waren direkt in den Fels gehauen worden. Die äußeren Anlagen bestanden aus zwei doppelten Steinwällen, auf deren Wehren mit Langbögen versehene Landwachen patrouillierten. Sie umgaben ihrerseits eine Gruppe von Holzbauten und zwei schwarze Türme. Der höhere von beiden war fast 150 Meter hoch. Stabile Holzbalken verschlossen die Turmfenster. Da das Tal so dicht am Meer lag, war es feucht und kalt. Der einzige Bewuchs bestand aus zähen violetten Flechten und einem blaugrünen Moos, das an der Unterseite der Felsblöcke wuchs und die Mauern der Festung zur Hälfte bedeckte.

Maris und Evan kamen auf der Straße von Thossi. Sie wurden von einem Wachtposten am Eingang des Tales angehalten. Sie durften passieren. Bei den äußeren Mauern mußten sie noch einmal anhalten. Schließlich gewährte man ihnen Zutritt. Womöglich hätten sie noch länger warten müssen, aber Maris trug ihre glänzenden silbernen Flügel, und kein Landwächter traute sich, einen Flieger mit Kleinigkeiten zu behelligen. Der innere Burghof pulsierte vor Leben. Kinder spielten mit großen gefleckten Hunden, überall rannten furchteinflößende Schweine herum, Landwachen exerzierten mit Bogen und Keulen. An einer Mauer war ein Galgen errichtet worden, sein Holz war rissig und verwittert. Die Kinder spielten überall. Eines benutzte die Schlinge des Galgens als Schaukel. Die anderen beiden schwangen im leisen Abendwind hin und her.

„Dieser Ort bedrückt mich", sagte Maris zu Evan. „Der Landmann von Klein Amberly lebt in einem großen hölzernen Herrenhaus auf einem Hügel, von dem man die ganze Stadt überblicken kann. Es hat zwanzig Gästezimmer, einen riesigen Festsaal, wundervolle Fenster mit bunten Scheiben und einen Leuchtturm für die ankommenden Flieger. Und dort gibt es keine Wälle, keine Wachen und keine Galgen."

„Der Landmann von Klein Amberly wurde vom Volk gewählt", sagte Evan. „Der Landmann von Thayos entstammt einer Familie, die seit den Tagen der Sternensegler hier regiert hat. Auch darfst du nicht vergessen, daß der Osten ein viel rauheres Land ist als der Westen, Maris. Der Winter dauert hier viel länger. Unsere Stürme sind kälter und gewaltiger. Unser Boden ist zwar erzhaltig, aber er eignet sich nicht so gut für den Ackerbau wie der Boden im Westen. Thayos ist fast immer von Hungersnöten und Krieg bedroht.“

Sie passierten ein massives Tor und waren im Innern der Festung. Maris schwieg.

Der Landmann begrüßte sie in seinem Empfangszimmer. Er saß auf einem schlichten hölzernen Thron, flankiert von zwei grimmig dreinblickenden Landwachen. Als sie eintraten erhob er sich. Landmänner und Flieger hatten den gleichen Rang. „Ich freue mich, daß du meiner Einladung folgen konntest, Fliegerin“, sagte er. „Wir haben uns Sorgen um deine Gesundheit gemacht.“

Trotz der höflichen Worte mochte Maris ihn nicht. Der Landmann war ein großer, wohlproportionierter Mann mit ebenmäßigen, fast hübschen Gesichtszügen. Er trug sein langes graues Haar zu einem Knoten zusammengefaßt, so wie es im Osten Mode war. Aber sein Äußeres hatte etwas Merkwürdiges. Um die Augen herum war sein Gesicht aufgedunsen, und seine Mundwinkel wiesen ein Zucken auf, das auch sein Vollbart nicht verbergen konnte. Er war dunkel und teuer gekleidet. Er trug einen dicken blaugrauen Umhang, der mit schwarzem Pelz besetzt war, hohe Stulpenstiefel und einen breiten Ledergürtel, in den Eisen, Silber und Edelsteine eingelegt waren. Außerdem trug er einen kleinen Metalldolch.

„Ich weiß deine Besorgnis zu schätzen“, antwortete Maris. „Ich war bös verletzt, aber ich habe mich inzwischen gut erholt. Euer Heiler hier versteht sein Handwerk. Ich habe schon viele Heiler getroffen, aber nur wenige waren so geschickt wie er.“

Der Landmann ließ sich wieder auf dem Thron nieder. „Er wird gut belohnt werden“, sagte er, als wäre Evan gar nicht anwesend. „Gute Arbeit verdient guten Lohn, nicht wahr?“

„Ich werde Evan selbst bezahlen“, sagte Maris. „Ich besitze genügend Eisen.“

„Nein“, beharrte der Landmann. „Daß du in meinen Diensten dem Tod so nahe warst, hat mich tief getroffen. Laß mich dir meine Dankbarkeit zeigen.“

„Ich zahle meine Schulden selbst“, sagte Maris.

Die Gesichtszüge des Landmannes verhärteten sich. „Nun gut“, sagte er. „Wir müssen noch über etwas anderes reden. Aber damit wollen wir bis zum Essen warten. Dein Marsch muß dich hungrig gemacht haben." Er stand abrupt auf. „Komm mit. Du wirst einen reich gedeckten Tisch vorfinden, Fliegerin. Ich glaube nicht, daß du schon einmal etwas Besseres gesehen hast."

Aber wie sich später herausstellen sollte, hatte Maris unzählige Male besser gegessen. Es gab zwar viel zu essen, aber es war miserabel zubereitet. Die Fischsuppe war viel zu salzig, das Brot war hart und trocken, und die Fleischgerichte hatten so lange gekocht, bis jegliche Spur von Geschmack verschwunden war. Selbst das Bier schien Maris sauer zu sein.

Sie aßen in einem düsteren, ungemütlichen Bankettsaal und saßen an einem Tisch, der zwanzig Personen Platz bot. Evan, der recht unzufrieden aussah, hatte man am Fuß des Tisches zwischen einige Landwachen, Offiziere und die jüngeren Kinder des Landmannes gesetzt. Maris durfte den Platz eines Ehrengastes zur Rechten der Thronerbin einnehmen. Sie war eine mürrische Frau mit einem scharf geschnittenen Gesicht, die während des Essens keine drei Worte sprach. Ihr gegenüber saßen die anderen Flieger. Gleich neben dem Landmann saß ein schwächlicher, graugesichtiger Mann mit einer birnenförmigen Nase. In ihm erkannte Maris den Flieger Jem, dem sie in der Vergangenheit einige Male begegnet war. Als dritte hatte Corina von Klein Amberly Platz genommen. Sie lächelte Maris über den Tisch hinweg an. Corina *ist* schrecklich schön, dachte Maris und erinnerte sich an die Worte der Läuferin. Auch ihr Vater Corm war ein hübscher Bursche gewesen.

„Du siehst gut aus, Maris", sagte Corina. „Ich bin glücklich. Wir haben uns große Sorgen um dich gemacht."

„Mir geht's gut", sagte Maris. „Ich hoffe, daß ich bald wieder fliegen werde."

Über Corinas Gesicht legte sich ein Schatten. „Maris..." begann sie. Dann zögerte sie. „Ich hoffe es", endete sie schwach. „Alle fragen nach dir. Hoffentlich bist du bald wieder bei uns zu Hause." Sie blickte auf den Teller und aß, ohne das Gespräch weiter fortzusetzen.

Zwischen Jem und Corina saß als dritter Flieger eine junge Frau, die Maris nicht kannte. Nach einem fehlgeschlagenen Versuch, sich mit der Tochter des Landmannes zu unterhalten, begann Maris, über ihr Essen hinweg die Fremde zu beobachten. Sie war wohl genauso alt wie Corina, aber der Unterschied zwischen den beiden Frauen war erheblich. Corina war lebhaft und schön. Sie hatte dunkles Haar, reine gesunde Haut, grüne strahlende Augen, und sie war von einer Aura von Zuversicht und Kultiviertheit umgeben. Als Fliegerin und Tochter von zwei Fliegern war sie mit den Privilegien und Traditionen der Flügel aufgewachsen.

Die Frau, die neben ihr saß, war dünn. Von ihr ging eine eigensinnige Kraft aus. Ihre hohlen Wangen waren mit Pockennarben bedeckt, und ihr dünnes blondes Haar war zu einem unordentlichen Knoten an ihrem Hinterkopf zusammengefaßt. Die Haare waren so straff nach hinten gekämmt, daß ihre Stirn ungewöhnlich hoch erschien. Wenn sie lächelte, sah Maris, daß ihre Zähne schief und gelb waren.

„Du bist Tya, nicht wahr?“ sagte sie.

Die Frau betrachtete sie mit scharfen schwarzen Augen. „Ja.“ Ihre Stimme klang überraschend angenehm; sie war kühl und sanft mit einem schwachen Unterton von Ironie.

„Ich glaube nicht, daß wir uns schon einmal begegnet sind“, sagte Maris. „Fliegst du schon lange?“

„Ich habe meine Flügel vor zwei Jahren auf Nord Arren errungen.“

Maris nickte. „An diesem Wettkampf habe ich nicht teilgenommen. Ich glaube, ich war zu diesem Zeitpunkt nach Artellia unterwegs. Warst du schon einmal im Westen?“

„Dreimal“, antwortete Tya. „Zweimal in Groß Shotan und einmal in Chulhall. Aber ich war noch nicht in Amberly. Meistens habe ich im Osten zu tun, besonders zur Zeit.“ Sie sah den Landmann kurz aus ihren Augenwinkeln an und lächelte Maris verschwörerisch zu.

Corina, die die ganze Zeit zugehört hatte, versuchte höflich zu sein. „Wie hat dir Sturmstadt gefallen?“ fragte sie. „Und der Eyrie? Hast du den Eyrie besucht?“

Tya lächelte freundlich. „Ich bin eine Einflüglerin“, sagte sie. „Ich wurde in Luftheim ausgebildet. Wir fliegen den Eyrie nicht an, Fliegerin. Sturmstadt ist sehr eindrucksvoll. Im Osten gibt es keine vergleichbare Stadt.“

Corina errötete. Maris war beunruhigt. Spannungen zwischen den geborenen Fliegern und jenen, die ihre Flügel erst erringen mußten, deprimierten sie. Der Himmel von Windhaven war nicht mehr so freundlich, wie er einmal gewesen war, und sie hatte mit dazu beigetragen. „Eyrie ist nicht so übel, Tya“, sagte sie. „Ich habe viele Freunde dort.“

„Du bist keine Einflüglerin“, sagte Tya.

„Oh, Val Einflügler hat mir einmal gesagt, daß ich die *erste* Einflüglerin wäre, ob mir das paßte oder nicht.“

Tya sah sie nachdenklich an. „Nein“, sagte sie schließlich. „Nein, das stimmt nicht. Du bist etwas anderes, Maris. Du bist weder einer von den alten Fliegern, noch ein Einflügler. Ich weiß nicht, was du bist. Aber du mußt sehr einsam sein.“

Sie beendeten das Essen in unangenehmer, gespannter Stille.

Nachdem die Dessertschälchen abgeräumt waren, verabschiedete der Landmann seine Familie, den Rat und die Landwachen. Zurückgeblieben waren nur die vier Flieger und Evan. Er wollte auch Evan fortschicken, aber der Heiler machte keine Anstalten zu gehen. „Maris befindet sich noch in meiner Obhut“, sagte er. „Ich bleibe bei meiner Patientin.“ Der Landmann warf ihm einen verärgerten Blick zu, aber er ging nicht weiter darauf ein.

„Nun gut“, sagte er bissig. „Wir haben etwas Geschäftliches zu besprechen. Fliegergeschäfte.“ Er wandte seinen Blick zu Maris. „Ich sage es frei heraus. Ich habe eine Nachricht von meinem Kollegen aus Klein Amberly erhalten. Er erkundigt sich nach deinem Gesundheitszustand. Deine Flügel werden gebraucht. Wann kannst du nach Klein Amberly zurückkehren?“

„Das weiß ich nicht“, sagte Maris. „Wie du siehst, geht es mir besser. Aber ein Flug von Thayos nach Amberly ist für jeden Flieger eine Anstrengung, und ich verfüge noch nicht über meine volle Kraft. Sobald ich kann, werde ich Thayos verlassen.“

„Ein langer Flug“, stimmte Jem zu, „besonders für jemanden, der lange nicht geflogen ist.“

„Ja“, sagte der Landmann. „Der Heiler und du, ihr habt viele Spaziergänge unternommen. Du scheinst wieder gesund zu sein. Auch hat man mir gesagt, daß deine Flügel repariert wurden. Aber du fliegst nicht. Du bist nicht einmal bei der Fliegerklippe gewesen. Du trainierst nicht. Warum?“

„Ich bin noch nicht soweit“, sagte Maris.

„Landmann“, sagte Jem, „es ist, wie ich dir sagte. Sie ist noch nicht wieder ganz in Ordnung, auch wenn es anders aussieht. Wenn sie es könnte, würde sie fliegen.“ Er sah sie an. „Es tut mir leid, wenn ich dich verletzt habe", sagte er, „aber ich sage die Wahrheit. Auch ich bin ein Flieger, wie du weißt. Ein Flieger *fliegt*. Man kann einen gesunden Flieger nicht am Boden festhalten. Und du bist kein gewöhnlicher Flieger. Man erzählte mir, daß du die Fliegerei mehr liebst als alles andere!"

„Das habe ich", sagte Maris. „Und das tue ich."

„Landmann . . .", begann Evan.

Maris drehte den Kopf und sah ihn an. „Nein, Evan", sagte sie. Das geht dich nichts an. Ich werde es ihm sagen." Sie richtete ihren Blick auf den Landmann. „Ich bin noch nicht wieder vollkommen in Ordnung", gab sie zu. „Mein Gleichgewichtssinn . . . Etwas stimmt nicht damit. Aber es wird besser. Es ist nicht mehr so schlimm, wie es einmal war."

„Das tut mir leid", sagte Tya schnell. Jem nickte.

„Oh, *Maris*", sagte Corina. Sie wirkte tief betroffen. Corina hatte nichts von der Boshaftigkeit ihres Vaters. Sie wußte, was der Gleichgewichtssinn für einen Flieger bedeutete.

„Kannst du fliegen?" sagte der Landmann.

„Ich weiß es nicht", gestand Maris. „Ich brauche mehr Zeit."

„Du hattest Zeit genug", sagte er. Er wandte sich an Evan. „Heiler, kannst du mir versichern, daß sie wieder vollkommen genesen wird?"

„Nein", sagte Evan traurig.

Der Landmann blickte finster drein. „Eigentlich müßte sich der Landmann von Klein Amberly mit dieser Angelegenheit befassen, aber nun muß ich mich darum kümmern. Und ich sage, ein Flieger, der nicht fliegen kann, ist kein Flieger und hat kein Anrecht auf die Flügel. Da deine vollkommene Heilung nicht gewiß ist, würde nur ein Narr darauf warten. Darum frage ich dich noch einmal. Maris, kannst du fliegen?"

Sein Blick haftete auf ihr. Seine Mundwinkel zuckten. Maris wußte, daß sie keine Zeit mehr hatte. „Ich kann fliegen", sagte sie.

„Gut", sagte der Landmann. „Heute nacht ist ein guter Zeitpunkt. So gut wie jeder andere. Du sagst, du kannst fliegen. Nun gut. Hole deine Flügel und beweise es uns."

Der Marsch durch den feuchten dunklen Tunnel dauerte genauso lange wie beim letztenmal. Und sie kam sich genauso einsam vor, obwohl sie diesmal in Begleitung war. Niemand sagte etwas. Das einzige Geräusch, das zu hören war, war das Echo ihrer Schritte. Zwei Landwachen mit Fackeln führten die Gruppe an. Die Flieger trugen ihre Flügel.

Auf der anderen Seite des Berges traten sie in die kalte sternenreiche Nacht hinaus. Unter ihnen bewegte sich die See ohne Unterlaß, sie war unermeßlich groß und dunkel.

Maris stieg die Stufen zur Fliegerklippe hinauf. Sie stieg sehr langsam, aber als sie oben angekommen war, schmerzten ihre Schenkel, und ihr Atem ging schwer.

Evan ergriff ihre Hand. „Kann ich dich nicht davon abhalten zu fliegen?"

„Nein", sagte sie.

Er nickte. „Das habe ich mir gedacht. Nun gut, dann fliege." Er küßte sie und ging zur Seite.

Der Landmann stand an der Klippe, von seinen Landwachen flankiert. Tya und Jem entfalteten ihre Flügel. Corina war zurückgeblieben, bis Maris sie rief. „Ich bin dir nicht böse", sagte Maris. „Du kannst nichts dafür. Ein Flieger trägt keine Verantwortung für die Nachricht, die er bringt."

„Danke", sagte Corina. Ihr kleines hübsches Gesicht sah blaß aus in der Dunkelheit.

„Wenn mir etwas zustoßen sollte, bring meine Flügel nach Amberly zurück, ja?"

Corina nickte zögernd.

„Hast du vielleicht eine Ahnung, was der Landmann mit ihnen vorhat?"

„Er wird einen neuen Flieger finden. Vielleicht jemanden, der seine Flügel im Wettkampf verloren hat. Bis jemand gefunden ist... nun, Mutter ist zwar krank, aber mein Vater ist immer noch in der Lage zu fliegen."

Maris lachte sanft. „Darin steckt eine wundervolle Ironie. Corm hat immer versucht, meine Flügel zu bekommen, und wieder einmal werde ich mein Bestes geben, damit er sie nicht bekommt."

Corina lächelte.

Ihre Flügel waren vollends ausgebreitet. Maris fühlte den vertrauten Druck des Windes gegen die Flügel. Sie prüfte die Verbindungen und Streben und gab Corina ein Zeichen, aus dem Weg zu gehen. Dann ging sie zum Rand des Abgrundes. Dort suchte sie sich einen sicheren Stand und sah hinab.

Die Welt drehte sich benommen, betrunken. Tief unten schlugen die Wellen gegen schwarze Felsen. Der ewige Krieg zwischen Meer und Stein dauerte an. Sie schluckte schwer und versuchte, nicht von der Klippe zu stürzen. Langsam wurde die Welt wieder fest und ruhig. Bewegungslos. Es war nur eine Klippe wie jede andere, und unten der endlose Ozean. Der Himmel war ihr Freund, ihr Geliebter.

Maris breitete die Arme aus und nahm die Haltegriffe in die Hand. Dann holte sie noch einmal tief Luft und sprang ab.

Der Absprung war gelungen. Der Wind griff sie und trug sie fort. Es war ein kalter starker Wind, ein Wind, der die Knochen zerschnitt. Aber er war nicht zornig. Nein, es war ein leichter Flugwind. Sie entspannte sich und gab sich dem Wind hin. Nun glitt sie hinab und drehte eine große elegante Kurve.

Aber die Luftwirbel trieben sie gegen der Berg. Maris konnte den Landmann und die anderen Flieger sehen. Jem entfaltete gerade seine Flügel und bereitete sich für den Absprung vor, als Maris sich entschied, eine andere Richtung einzuschlagen. Sie drehte sich und versuchte in die Kurve zu gehen.

Der Himmel schien zu taumeln und sich in Wasser verwandelt zu haben.

Sie war zu stark in die Kurve gegangen und stand einen Moment still. Dann versuchte sie, ihren Flug zu korrigieren, indem sie ihr Gewicht verlagerte und wiederum die Richtung wechselte, und kippte unkontrolliert. Sie rang nach Luft.

Das Gefühl war verschwunden. Maris schloß für einen Moment die Augen. Ihr wurde übel. Sie stürzte ab. Ihr Körper schrie. Sie stürzte. Ihre Ohren rauschten. Das Gefühl für den Wind war nicht da. Alles hatte sie gekannt: die feinen Veränderungen des Windes, Wechsel, auf die man reagieren mußte, noch bevor sie einem bewußt waren, das Gefühl für einen aufziehenden Sturm, die Vorzeichen der Windstille. Nun war nichts davon da. Sie flog durch einen endlos leeren Ozean von Luft, ohne etwas zu fühlen. Ihr wurde schwindelig. Dieser fremdartige wilde Wind hielt sie fest, ohne daß sie ihn verstand.

Ihre großen silbernen Flügel neigten sich vor und zurück, ihr Körper wurde geschüttelt. Maris öffnete wieder die Augen. Sie war verzweifelt. Sie versuchte sich selbst zu beruhigen und versuchte, nur auf Sicht zu fliegen. Aber die Felsen *bewegten* sich, und es war zu dunkel. Selbst die hellen kalten Sterne über ihr schienen zu tanzen und sie zu verspotten.

Ein Schwindelgefühl ergriff sie. Maris ließ die Haltegriffe los – das hatte sie noch nie zuvor getan –, nun flog sie nicht mehr. Sie hing nur noch unter ihren Flügeln. Dann überschlug sie sich. Sie mußte sich erbrechen und spie das Abendessen des Landmannes in den Ozean. Sie zitterte fürchterlich.

Jem und Corina kamen hinter ihr her. Obwohl Maris sie sah, war es ihr gleichgültig. Sie war schwach, erschöpft, alt. Unter ihr waren einige Boote. Sie glitten über den schwarzen Ozean. Maris nahm die Haltegriffe wieder in die Hand und versuchte sich hochzuziehen, aber alles, was sie erreichte, war eine Wende im Fallwind, die in einem Sturz endete. Noch einmal versuchte sie, ihren Flug zu korrigieren, aber sie schaffte es nicht.

Sie weinte.

Die See kam immer näher. Sie glitzerte und veränderte sich ständig.

Ihre Ohren schmerzten.

Sie konnte nicht fliegen. Sie war eine Fliegerin. Sie war immer eine Fliegerin gewesen. Eine Geliebte des Windes, Holzflügler, Himmelskind, allein, im Himmel zu Hause, Fliegerin, Fliegerin, *Fliegerin* – und sie konnte nicht fliegen.

Wieder schloß sie die Augen. Die Welt stand still.

Mit einem Schlag und einem Sprühregen von Salzwasser hatte das Meer sie gefangen. Lange genug hat es darauf warten müssen, dachte sie. All die Jahre.

„Laß mich allein“, sagte sie des Nachts, als sie endlich sein Haus erreicht hatten. Evan nahm sie beim Wort.

Fast den ganzen nächsten Tag schlief Maris durch.

Am folgenden Tag wachte sie früh auf, als das rötliche Licht des Sonnenaufgangs den Raum streifte. Sie fühlte sich schrecklich. Ihr war kalt, und sie war verschwitzt. Ein schweres Gewicht preßte ihre Brust zusammen. Einen Moment lang wußte sie nicht, woran das lag. Dann erinnerte sie sich. Ihre Flügel waren verloren. Sie versuchte über alles nachzudenken. Verzweiflung, Wut und Selbstmitleid stiegen in ihr auf. Dann rollte sie sich unter der Decke zusammen und versuchte wieder einzuschlafen. Im Schlaf mußte sie nicht daran denken.

Aber sie konnte nicht einschlafen. Endlich stand sie auf und zog sich an. Evan war im Nebenzimmer und briet Eier. „Bist du hungrig?“ fragte er sie.

„Nein“, sagte sie träge.

Evan nickte und schlug zwei weitere Eier auf. Maris setzte sich an den Tisch. Als er einen Teller mit Eiern vor sie hinstellte, stocherte sie lustlos darin herum.

Es war ein feuchter windiger Tag, der von gewaltigen Stürmen beherrscht wurde. Nachdem Evan sein Frühstück beendet hatte, ging er seinen Geschäften nach. Kurz vor Mittag verließ er sie, und Maris wanderte ruhelos durch das leere Haus. Dann setzte sie sich ans Fenster und beobachtete den Regen.

Nach Einbruch der Dunkelheit kam Evan zurück. Er war naß und wirkte niedergeschlagen. Maris saß immer noch am Fenster eines kalten und dunklen Hauses. „Du hättest wenigstens Feuer machen können“, schimpfte Evan. Seine Stimme klang verärgert.

„Oh“, sagte sie. Sie sah ihn verwundert an. „Es tut mir leid. Ich habe nicht daran gedacht.“

Evan schichtete Feuerholz auf. Als Maris aufstand, um ihm zu helfen, schnauzte er sie an und schickte sie fort. Sie aßen, ohne ein Wort zu sagen, aber das Essen schien Evans Stimmung zu verbessern. Nach dem Essen goß er einen seiner Spezialtees auf und stellte die Kanne vor sie hin. Dann nahm er in seinem Lieblingssessel Platz.

Maris kostete den heißen Tee. Ihr war bewußt, daß er sie beobachtete. Dann sah sie ihn an.

„Wie fühlst du dich?“ fragte er sie.

Sie überlegte, bevor sie antwortete. „Ich fühle mich tot“, sagte sie schließlich.

„Laß uns darüber reden.“

„Das kann ich nicht“, sagte sie und begann zu weinen. „Ich kann nicht.“

Da sie nicht aufhören wollte zu weinen, bereitete ihr Evan einen Schlaftrunk und brachte sie ins Bett.

Am nächsten Tag ging Maris aus.

Sie nahm einen Weg, den ihr Evan gezeigt hatte. Ein gewundener Pfad, der nicht zu den Klippen, sondern ans Meer führte. Den ganzen Tag brachte sie damit zu, am steinigen, endlos wirkenden

Strand spazieren zu gehen. Wenn sie müde wurde, hielt sie am Saum des Wassers an und warf Kiesel in die Wellen. Auf melancholische Weise gefiel es ihr, wie die Steine über das Wasser glitten und dann versanken.

Selbst das Meer ist hier anders, dachte sie. Es war grau und kalt und wies keine Besonderheiten auf. Sie vermißte das blaue und grüne Glitzern des Wassers, das Amberly umgab.

Tränen liefen über ihre Wangen, aber sie wischte sie nicht fort. Ab und zu bemerkte sie, daß sie schluchzte, ohne sich daran zu erinnern, wann und warum sie angefangen hatte zu weinen.

Die See war endlos und einsam. Der leere Strand schien nirgendwo zu enden, und der wilde bewölkte Himmel umgab sie überall, aber Maris fühlte sich eingeschlossen und erdrückt.

Sie dachte an all die Orte in der Welt, die sie niemals mehr sehen würde, und mit jeder Erinnerung fühlte sie neuen Schmerz. Sie dachte an die eindrucksvollen Ruinen der Alten Festung auf Laus. Sie erinnerte sich an die große dunkle Holzflügler-Akademie, die man in die Felsen von Seestadt gehauen hatte. Sie dachte an den Tempel des Himmelsgottes auf Deeth und an die Schlösser der Fliegerprinzen von Artellia. An die Windmühlen von Sturmstadt und an das Alte Kapitänshaus, das in den Erzählungen erwähnt wurde. An die Dreierstädte von Setheen und Alessy, an die Gebeinhäuser und die Schlachtfelder von Lomarron, die Weingärten von Amberly und an Riesas warme verräucherte Kneipe auf Skulny. Alles war für immer verloren.

Und sie dachte an den Eyrie. Mit Schiffen konnte sie sonstwohin kommen, aber der Eyrie war nur für Flieger zu erreichen. Er war nun für immer verschlossen.

Sie dachte an ihre Freunde, die auf allen möglichen Inseln von Windhaven lebten. Einige von ihnen würden sie besuchen, aber viele andere waren für immer aus ihrem Leben verschwunden, als hätte es sie nie gegeben. Das letztemal, als sie T'mar gesehen hatte, war er fett und glücklich in seinem kleinen Steinhaus auf Hethen gewesen und hatte seiner Enkelin beigebracht, das Schöne in einem Stück Felsen zu erkennen. Nun war er für sie ebenso tot wie Halland. Eine Erinnerung, nichts weiter. Auch Reid würde sie nie wiedersehen, ebenso seine hübsche lachende Frau. Niemals wieder könnte sie die Nacht damit verbringen, Riesas Ale zu trinken und mit Garth Erinnerungen zu teilen. Auch S'maels hölzerne Schmuckstücke würde sie nicht mehr kaufen und keine Späße machen mit dem Koch der kleinen Kneipe auf Poweet.

Nie wieder könnte sie die großen jährlichen Wettkämpfe verfolgen oder auf einer Fliegerparty herumsitzen, tratschen und singen.

Die Erinnerungen stachen sie wie tausend Messer. Maris schrie vor Schmerz und schluchzte, bis sie kaum noch atmen konnte. Sie konnte sich vorstellen, wie sie aussah: eine lächerliche alte Frau, die heulend und klagend am Strand entlanglief. Aber sie konnte nicht aufhören.

Kaum konnte sie es ertragen, ans Fliegen selbst zu denken. An das große Vergnügen und die Freiheit, die sie verloren hatte. Die Erinnerungen kamen ganz von alleine: Die Welt breitete sich unter ihr aus, die Freude, Flügel zu haben, die Spannung, einem Sturm zu entkommen, die unzähligen Farben des Himmels, die prachtvolle Einsamkeit der Höhen. All das konnte sie nie wieder empfinden oder sehen, außer in der Erinnerung. Einmal hatte sie einen Aufwind erwischt, der sie halbwegs ins Unendliche mitgenommen hatte, hinauf in das Reich der Sternensegler, wo selbst die See verschwand und sich nichts bewegte als die fremden ätherischen Windgeister. Diesen Tag würde sie niemals vergessen. Niemals.

Um sie herum wurde es dunkel, und die Sterne erschienen am Himmel. Überall war das Rauschen des Meeres. Sie war gelähmt und fror durch und durch. Sie hatte keine Tränen, und ihr Leben hatte keinen Sinn.

Schließlich ging sie zur Hütte zurück, nur gelegentlich wandte sie sich um und betrachtete das Meer und den Himmel.

Das Haus war warm und duftete nach einem herzhaften Eintopf. Als sie Evan am Feuer stehen sah, schlug ihr Herz schneller. Seine blauen Augen waren unendlich zärtlich, wenn er ihren Namen aussprach. Sie rannte auf ihn zu, umarmte ihn und hielt ihn fest. Dann schloß sie die Augen, weil ihr schwindelig wurde.

„Maris", sagte er wieder. „Maris." Seine Stimme klang freundlich und überrascht. Auch er nahm sie in den Arm und zog sie schützend an sich. Dann führte er sie zum Tisch und stellte ihr einen Teller hin.

Während des Essens erzählte er ihr die Ereignisse des Tages. Er erzählte von einer abenteuerlichen Gänsejagd und davon, wie er einen Busch reifer Silberbeeren gefunden hatte, aus denen er ihr Lieblingsdessert bereitet hatte.

Sie nickte. Ohne auf den Sinn seiner Worte zu achten, erfreute sie sich am Klang seiner Stimme. Er sollte nicht aufhören zu reden. Seine Worte und seine Anwesenheit sagten ihr, daß das Leben noch nicht zu Ende war.

Schließlich unterbrach sie ihn. „Evan, ich habe eine Frage. Meine Verletzung... Besteht eine Chance, daß sie sich jemals bessern wird? Daß ich fähig sein werde..., daß ich vollkommen gesund werde?“

Er legte seinen Löffel ab. Sofort verschwand die Heiterkeit aus seinem Gesicht. „Maris, ich weiß es nicht. Ich glaube nicht, daß dir jemand sagen könnte, ob dein Zustand andauert oder sich verändert. Es gibt keine Gewißheit.“

„Was vermutest du denn?“

Er sah sehr bedrückt aus. „Nein“, sagte er ruhig. „Ich glaube nicht, daß du vollkommen genesen wirst. Ich glaube nicht, daß du jemals zurückbekommst, was du verloren hast.“

Sie nickte besonders ruhig. „Ich verstehe.“ Sie schob den Teller beiseite. „Danke. Ich mußte dich einfach fragen, denn irgendwie hatte ich die Hoffnung noch nicht aufgegeben.“ Sie stand auf.

„Maris...“

Sie wies ihn zurück. „Ich bin müde. Es war ein schwerer Tag für mich, und ich muß über alles nachdenken, Evan. Ich muß Entscheidungen treffen, und dazu muß ich allein sein. Es tut mir leid.“ Sie lächelte gezwungen. „Das Essen war ausgezeichnet. Ich bedauere, daß ich das Dessert ausschlagen muß, aber ich habe keinen Hunger.“

Das Zimmer war dunkel und kalt, als Maris aufwachte. Das Feuer, das sie angezündet hatte, war ausgegangen. Sie saß im Bett und starrte in die Dunkelheit. Keine Tränen mehr, dachte sie. Das ist vorüber.

Als sie die Decke zurückwarf und aufstand, drehte sich der Boden unter ihren Füßen. Für einen Moment taumelte sie. Sie versuchte sich zu beruhigen, zog sich etwas über und ging in die Küche, wo sie eine Kerze an einem glimmenden Holzspan des Kamins anzündete. Unter ihren nackten Füßen fühlte sich der Holzboden kalt an, als sie in den Flur ging. Sie kam an Evans Arbeitszimmer, in dem er seine Tränke und Salben anfertigte, und an den leeren Schlafzimmern, die er für Patienten bereithielt, vorbei.

Als sie seine Zimmertür öffnete, blinzelte Evan, drehte sich auf die andere Seite und sah sie an.

„Maris?“ sagte er mit verschlafener Stimme. „Was ist los?“

„Ich möchte nicht tot sein“, sagte sie.

Maris ging durch das Zimmer und stellte eine Kerze auf den Nachttisch. Evan setzte sich auf und nahm ihre Hand. „Ich habe alles für dich getan, was ein Heiler tun kann“, sagte er. „Wenn du meine Liebe willst . . . wenn du mich willst . . .“

Mit einem Kuß brachte sie ihn zum Schweigen. „Ja“, sagte sie.

„Mein Liebling“, sagte er und betrachtete sie im Kerzenlicht. Durch die Schatten hatte sein Gesicht etwas Fremdes. Einen Moment lang fühlte sie sich unbehaglich. Sie hatte Angst.

Aber der Moment ging schnell vorüber. Er warf die Decke zurück. Sie zog ihr Gewand aus und stieg in sein Bett. Er legte seinen Arm um sie. Seine Hände waren zart, liebevoll und vertraut. Sein Körper war warm und voller Leben.

„Unterrichte mich in der Kunst des Heilens“, sagte Maris am nächsten Morgen. „Ich würde gern mit dir arbeiten.“

Er lächelte. „Vielen Dank“, sagte er. „Aber so einfach ist es nicht. Woher kommt das plötzliche Interesse für die Heilkunst?“

Sie zog eine Grimasse. „Ich muß etwas tun, Evan. Ich verfüge nur über ein Talent, das Fliegen, und dieses Talent habe ich verloren. Ich habe nie etwas anderes getan. Ich könnte ein Schiff nach Amberly nehmen und den Rest meines Lebens im Hause meines Stiefvaters verbringen, ohne etwas zu tun. Ich wäre versorgt, selbst wenn ich nichts hätte, denn die Menschen von Amberly lassen ihre ausgedienten Flieger nicht als Bettler enden.“ Sie stand vom Frühstückstisch auf und ging im Zimmer auf und ab.

„Oder ich könnte hier bleiben, wenn ich eine Aufgabe hätte. Wenn ich etwas finde, womit ich meine Tage ausfüllen kann, etwas Sinnvolles, dann werden mich meine Erinnerungen nicht verrückt machen, Evan. Ich bin zu alt, um noch Kinder zu haben, außerdem habe ich mich schon vor Jahren gegen eine Mutterschaft entschieden. Ich kann kein Schiff steuern, keinen Ton halten oder ein Haus bauen. Alle Gärten, die ich angelegt habe, sind eingegangen. In handwerklichen Dingen habe ich zwei linke Hände, und mich in einen Laden zu stecken, um Dinge zu verkaufen, würde mich zur Trinkerin machen.“

„Wie ich sehe, hast du alle Möglichkeiten erwogen“, sagte Evan. Ein Lächeln huschte über seine Lippen.

„Ja, das habe ich“, sagte Maris mit ernstem Ton. „Ich glaube nicht, daß ich ein prädestinierter Heiler bin, ich wüßte nicht wieso, aber ich bin bereit, hart zu arbeiten, und verfüge über das Gedächtnis eines Fliegers. Ich halte es für ausgeschlossen, daß ich Gift und Medizin verwechsele. Ich kann dir helfen, Kräuter zu sammeln und Arzneien zu mixen. Ich könnte deine Opfer festhalten, während du ihnen den Bauch aufschneidest. Oder was sonst so nötig ist. Ich habe zweimal als Geburtshelfer assistiert. Ich würde alles tun, was du mir befiehlst. Wann immer du zwei Hände gebrauchen kannst.“

„Mein ganzes Leben habe ich allein gearbeitet, Maris. Für Ungeschicklichkeiten, Ignoranz und Fehler bringe ich keine Geduld auf.“

Maris lächelte ihn an. „Oder für Meinungen, die deiner eigenen widersprechen.“

„Ja. Ich denke, ich könnte dich unterrichten und deine Hilfe brauchen. Aber bei deinem ‚ich tue alles, was du mir befiehlst‘ habe ich meine Zweifel. Ist es nicht etwas spät für die Rolle des ergebenen Dieners?“

Sie sah ihn an, bemüht, ihre plötzliche Angst nicht zu zeigen. Was konnte sie tun, wenn er sich weigerte? Beinahe hätte sie ihn angefleht, bleiben zu dürfen.

Wahrscheinlich hatte er ihr die Sorgen angesehen, denn er nahm ihre Hand und hielt sie fest. „Wir wollen es versuchen“, sagte er. „Wenn du wirklich bereit bist, etwas zu lernen, werde ich bereit sein, dich zu unterrichten. Es ist ohnehin an der Zeit, daß ich mein Wissen weitergebe, für den Fall, daß mir etwas zustößt. Ich könnte zum Beispiel an Liars Fieber erkranken. Auf diese Weise kann ich sicherstellen, daß mit meinem Tod nicht alles verloren geht.“

Maris lächelte vor Erleichterung. „Womit fangen wir an?“

Evan dachte einen Augenblick nach. „In der Gegend gibt es einige kleine Dörfer und Zeltlager im Wald, die ich seit einem halben Jahr nicht mehr besucht habe. Wir werden ein bis zwei Wochen reisen und unsere Runde machen. Du wirst dann einen Eindruck von meiner Arbeit bekommen, und wir werden sehen, ob du das durchstehst.“ Er ließ ihre Hand los, stand auf und ging in die Abstellkammer. „Hilf mir packen.“

Während ihrer Reise durch die Wälder lernte Maris viel von Evan. Aber nicht immer bereitete es ihr Vergnügen.

Es war ein schweres Stück Arbeit. Evan war zwar ein geduldiger Heiler, aber ein anspruchsvoller Lehrer. Trotzdem war Maris glücklich. Es tat gut, bis an seine Grenze gefordert zu werden. Sie arbeitete bis zum Umfallen. Auch hatte sie keine Zeit, über ihren Verlust nachzudenken. Nachts schlief sie tief und fest.

Aber während Maris Gefallen daran fand, gebraucht zu werden und Evans Anforderungen gerecht zu werden, stellte das Leben neue Anforderungen, die für Maris wesentlich schwerer zu bewältigen waren. Es war schwierig genug, Fremde zu trösten, aber noch schwieriger war es, wenn es keinen Trost zu spenden gab. So bekam Maris Alpträume, weil eine Mutter ihr Kind verloren hatte. Selbstverständlich oblag Evan die Aufgabe, es der Frau zu sagen, aber Maris war es, der die Frau ihr Leid klagte. Sie weigerte sich, es zu glauben und bat um ein Wunder, das ihr niemand geben konnte. Maris bewunderte Evan, der sich selbst vergessen und soviel Schmerz, Angst und Kummer absorbieren konnte, ohne daran zu zerbrechen. Sie versuchte, seine Ruhe zu übernehmen, seinen Ernst und seine freundliche Art. Dabei erinnerte sie sich daran, daß er *sie* für stark hielt.

Auch fragte sie sich, ob sie mit der Zeit wohl mehr Geschick und innere Sicherheit für ihre Aufgabe erlangen würde. Maris erschien es so, als würde Evan gelegentlich aus einem Instinkt heraus wissen, was zu tun ist, so wie es bei einigen Holzflüglern der Fall war. Sie flogen, als wären sie für die Luft geboren, während andere das spezielle Gefühl für die Luft vermissen ließen.

So konnte Evan durch seine bloße Berührung einen Kranken heilen, während Maris nicht über solche Fähigkeiten verfügte.

Als am neunzehnten Tag ihrer Reise die Nacht hereinbrach, hielten Maris und Evan nicht an, um sich ein Lager zu bauen, sondern beschleunigten ihren Schritt. Denn sogar Maris, für die alle Bäume gleich aussahen, erkannte diesen Teil des Waldes. Bald kam Evans Haus in Sicht.

Plötzlich ergriff Evan ihr Handgelenk und hielt sie fest. Er blickte in Richtung seines Hauses. In einem Fenster schien Licht, und Rauch stieg aus dem Schornstein.

„Ein Freund?“ fragte sie. „Jemand, der deine Hilfe benötigt?“

„Vielleicht“, sagte Evan ruhig. „Aber es gibt auch andere ...

Landstreicher, Leute, die man wegen eines Verbrechens oder Geistesgestörtheit aus ihren Dörfern vertrieben hat. Sie greifen Reisende an, brechen in Häuser ein und warten ...“

Langsam schlichen sie sich an das Haus heran. Evan ging voraus, auf das erleuchtete Fenster zu.

„Ein Mann und ein Kind ... sieht nicht so gefährlich aus“, flüsterte Evan. Da das Fenster sehr hoch war, stellte sich Maris auf die Fußspitzen und hielt sich an Evan fest. Sie konnte hineinsehen.

Sie sah einen großen starken Mann mit einem Bart, der auf einem Stuhl am Feuer saß. Zu seinen Füßen hockte ein Kind, das ihn ansah.

Der Mann drehte seinen Kopf, so daß das Feuer einen roten Schein auf sein dunkles Haar warf. Im Licht konnte sie sein Gesicht erkennen.

„Coll!“ rief sie voller Freude. Sie schwankte und wäre beinahe gestürzt, wenn Evan sie nicht aufgefangen hätte.

„Dein Bruder?“

„Ja!“ Sie rannte zur anderen Seite des Hauses. Als sie die Hand auf die Türklinke legte, öffnete sich die Tür von innen. Coll, ein Mann wie ein Bär, umarmte sie stürmisch.

Maris war jedesmal überrascht über die Größe ihres Stiefbruders, denn zwischen ihren Begegnungen lag oft ein ganzes Jahr. Wenn sie an ihn dachte, war er immer ihr kleiner dünner Bruder, der sich nur wohl fühlte, wenn er seine Gitarre in den Händen hielt und selbstversunken Lieder sang.

Aber ihr kleiner Bruder war inzwischen ausgewachsen und hatte eine stattliche Größe erreicht. Er war viel gereist und hatte auf verschiedenen Schiffen gearbeitet, um so die Überfahrt zu anderen Inseln zu finanzieren. Auch hatte er jegliche Arbeit angenommen, wenn seine Zuhörer kein Geld hatten, um ihn zu bezahlen. All das hatte ihn stark gemacht. Sein Haar, das früher einmal rotgolden gewesen war, hatte inzwischen einen Braunton angenommen. Das Rot zeigte sich nur noch in seinem Bart und beim Schein des Feuers.

„Bist du Evan, der Heiler?“ fragte Coll, an Evan gewandt. Noch immer hielt er Maris in seinem Arm. Als Evan nickte, fuhr er fort, „es tut mir leid, daß wir hier so eingedrungen sind, aber in Port Thayos hat man uns gesagt, daß Maris hier mit dir zusammenlebt. Seit vier Tagen haben wir auf euch gewartet. Ich habe einen Fensterladen aufgebrochen, um hereinzukommen, aber ich habe ihn wieder repariert, und ich glaube er funktioniert jetzt besser als vorher." Er sah auf Maris herab und drückte sie. „Ich hatte schon Angst, daß wir dich verpaßt haben, daß du weggeflogen bist!"

Maris wandte sich aus seinem Arm und sah das Unbehagen in Evans Gesicht. Sie schüttelte sanft den Kopf.

„Es gibt viel zu erzählen", sagte sie. „Wir wollen uns ans Feuer setzen. Meine Beine sind müde vom Wandern. Machst du uns deinen wundervollen Tee, Evan?"

„Ich habe *Kivas* mitgebracht", sagte Coll schnell. „Drei Flaschen, als Gage für ein Lied. Soll ich ihn heiß machen?"

„Das wäre prima", sagte Maris. Während sie zum Schrank ging, in dem die schweren Tonkrüge standen, fiel ihr Blick auf das Kind, das halb im Schatten versteckt war. Sie hielt kurz an.

„Bari?" fragte sie verwundert.

Das kleine Mädchen kam schüchtern näher und sah sie von der Seite an.

„Bari", sagte Maris noch einmal mit freundlicher Stimme. „*Bist* du es? Ich bin deine Tante Maris!" Sie bückte sich, um das Kind zu umarmen. Dann hielt sie jedoch inne, um es noch einmal anzusehen. „Sicherlich kannst du dich nicht mehr an mich erinnern. Als ich dich das letztemal gesehen habe, warst du so klein wie ein Vögelchen."

„Mein Vater singt Lieder über dich", sagte Bari. Ihre Stimme klang glockenrein.

„Singst du auch?" fragte Maris.

Bari zuckte die Achseln und sah auf den Boden. „Manchmal", stammelte sie.

Bari war ein dünnes, zartes Kind von ungefähr acht Jahren. Ihr hellbraunes, kurz geschnittenes Haar lag wie eine weiche Mütze auf ihrem Kopf. Es rahmte ein sommersprossiges herzförmiges Gesicht mit großen grauen Augen ein. Sie trug dieselbe Kleidung wie ihr Vater, jedoch in einer kleineren Ausführung. Eine wollene Tunika mit einem Güttel über einer Lederhose. Ein durchsichtiges, goldfarbenes gehärtetes Stück Harz hing an einer Kette um ihren Hals.

„Warum holt ihr nicht ein paar Kissen und Decken und legt sie ans Feuer, damit wir es uns gemütlich machen", schlug Maris vor. „Sie sind in der Holzkiste dort drüben."

Sie holte die Krüge und ging zurück ans Feuer. Coll griff ihre Hand und zog sie an sich.

„Es tut gut, dich laufen zu sehen“, sagte er mit seiner tiefen warmen Stimme. „Als ich von deinem Unfall hörte, hatte ich Angst, du wärst verkrüppelt wie Vater. Während der langen Reise von Poweet hierher habe ich auf Neuigkeiten, auf gute Neuigkeiten gehofft, aber es gab keine. Sie sagten, es wäre ein schrecklicher Absturz gewesen. Du wärst auf einen Felsen gestürzt und hättest dir beide Beine und einen Arm gebrochen. Aber nun sehe ich, und das ist besser als jeder Bericht, daß du gesund bist. Wann fliegst du nach Amberly zurück?“

Maris sah dem Mann, mit dem sie nicht leiblich verwandt war, den sie aber seit über vierzig Jahren liebte wie einen Bruder, in die Augen.

„Ich werde niemals nach Amberly zurückkehren, Coll“, sagte sie. Ihre Stimme klang bestimmt. „Ich werde nie wieder fliegen. Meine Verletzungen waren schlimmer, als ich zunächst dachte. Mein Arm und meine Beine sind heil, aber etwas bleibt für immer gebrochen. Als ich mit dem Kopf aufschlug ... Mein Gleichgewichtssinn ist nicht in Ordnung. Ich kann nicht fliegen.“

Während er sie ansah, wich die Fröhlichkeit aus seinem Gesicht.

Er schüttelte den Kopf. „Maris ... nein ...“

„Es hat keinen Zweck ‚nein‘ zu sagen“, sagte sie. „Ich mußte es akzeptieren.“

„Gibt es keine ...“

Zu Maris’ Erleichterung unterbrach Evan das Gespräch. „Es gibt nichts. Maris und ich, wir haben alles Menschenmögliche getan. Kopfverletzungen sind immer mysteriös. Wir wissen nicht einmal genau was passiert ist. Und es gibt wohl keinen Heiler in Windhaven, der sagen könnte, was oder wie es geheilt werden kann.“

Coll nickte. Er blickte verwirrt drein. „Ich wollte damit nicht sagen, daß ..., aber es ist schwer zu akzeptieren. Maris, ich kann mir dich nicht als Landgebundene vorstellen!“

Maris wußte, daß er es nur gut meinte, aber sein Kummer riß ihre Wunden wieder auf.

„Du mußt es dir nicht vorstellen“, sagte sie ziemlich scharf. „Das ist mein Leben, jeder darf es wissen. Auch hat man die Flügel bereits nach Amberly zurückgebracht.“

Coll sagte nichts. Weil Maris den Schmerz in seinem Gesicht nicht ertragen konnte, starrte sie ins Feuer. Das Schweigen dauerte an. Dann hörte sie wie eine Steinflasche entkorkt wurde. Evan goß den dampfenden *Kivas* in die drei Steinkrüge.

„Darf ich es probieren?“ Bari kauerte sich neben ihren Vater und sah ihn hoffnungsvoll an. Coll lächelte sie an, aber er schüttelte neckend den Kopf.

Während Maris Vater und Tochter beobachtete, löste sich ihre Spannung. Sie traf Evans Augen, der sie anlächelte, während er ihr einen mit heißem Gewürzwein gefüllten Krug in die Hand gab.

Sie wandte sich wieder Coll zu, um mit ihm zu sprechen, da fiel ihr Blick auf seine Gitarre, die immer in seiner Nähe lag. Der Anblick des Instruments setzte eine Flut von Erinnerungen frei, und plötzlich hatte Maris das Gefühl, daß Barrion im Raum wäre, obwohl er schon einige Jahre tot war. Die Gitarre hatte ihm gehört, und vor ihm hatte sie seine Familie von Generation zu Generation weitergegeben, seit den Tagen der Sternensegler. Sie hatte nie herausgefunden, ob er die Wahrheit gesagt hatte, denn Übertreibungen und wundervolle Lügen kamen so leicht von seinen Lippen wie Atem. Aber das Instrument war mit Sicherheit sehr alt. Er hatte es Coll, der sein Schützling war und der Sohn, den er nie gehabt hatte, anvertraut. Maris streckte die Hand aus, um das glatte Holz zu fühlen. Es war dunkel durch die vielen Lackschichten und den ständigen Gebrauch.

„Sing für uns, Coll“, bat sie. „Sing uns ein neues Lied.“

Noch bevor sie die Worte ausgesprochen hatte, lag die Gitarre auf seinen Knien. Sanfte Akkorde erklangen.

„Dieses Lied nenne ich ‚Klage des Sängers‘“, sagte er mit einem schiefen Lächeln im Gesicht. Und er sang ein melancholisches Lied mit ironischen Wendungen, das von einem Sänger handelte, den seine Frau verlassen hatte, weil er die Musik zu sehr liebte. Maris nahm an, daß er über seine eigene Ehe sang, obwohl er ihr nie näher erzählt hatte, warum sie gescheitert war, und sie war nicht da gewesen, um es aus erster Hand zu erfahren.

Der wiederkehrende Refrain des Liedes lautete: „Ein Sänger sollte nicht heiraten, für einen Sänger hat das keinen Zweck, küß die Musik während sie fliegt, und nimm ein Lied mit ins Bett.“

Sein nächstes Lied handelte von der turbulenten Liebesbeziehung zwischen einem stolzen Landmann und einer noch stolzeren

Einflüglerin. Maris kannte zwar einen der Namen, aber sie hatte nichts von der Geschichte gehört.

„Ist das wahr?“ fragte sie, nachdem er aufgehört hatte zu singen.

Coll lachte. „Diese Frage hast du Barrion auch immer gestellt! Deshalb gebe ich dir seine Antwort: Ich kann dir zwar nicht sagen wann, wo oder ob es geschehen ist, aber es ist trotzdem eine wahre Geschichte!“

„Nun sing mein Lied“, sagte Bari.

Coll küßte seine Tochter auf die Nase und sang ein melodisches Phantasielied über ein kleines Mädchen mit Namen Bari, das mit einer Szylla Freundschaft schließt und von ihr mitgenommen wird in ihre Höhle im Meer, um ihm dort viele Schätze zu zeigen.

Später sang er ältere Lieder. Die Ballade von Aron und Jeni, das Lied über die Geisterflieger, jenes von dem verrückten Landmann von Kennehut und seine eigene Version des Holzflüglerliedes.

Noch später am Abend, nachdem man Bari ins Bett gebracht hatte und die drei Erwachsenen bereits die dritte Flasche *Kivas* geleert hatten, sprachen sie über ihr Leben. Wesentlich ruhiger als einige Stunden zuvor konnte Maris Coll ihre Entscheidung, bei Evan zu bleiben, erklären.

Da der erste Schock vorüber war, versuchte Coll nicht mehr, sein Mitleid auszudrücken, aber er machte ihr klar, daß er ihre Entscheidung nicht verstehen konnte.

„Aber warum bleibst du hier im Osten, so weit von deinen Freunden entfernt?“ Und mit der Höflichkeit eines Betrunkenen fügte er hinzu, „Damit will ich nichts gegen dich sagen, Evan.“

„Ganz gleich, wo ich leben würde, ich wäre immer weit weg von irgend jemand“, sagte Maris. „Du weißt, wie verstreut meine Freunde leben.“

„Komm mit mir nach Amberly zurück“, bat er. „Du könntest in dem Haus leben, in dem wir aufgewachsen sind. Vielleicht sollten wir bis zum Frühjahr warten, dann ist die See ruhiger, aber die Reise von hier dorthin ist wirklich nicht so schlimm.“

„Du kannst das Haus haben“, sagte sie. „Du kannst mit Bari dort leben oder es verkaufen, ganz wie du willst. Aber ich kann nicht dorthin zurückkehren, dort gibt es zu viele Erinnerungen. Hier auf Thayos kann ich ein neues Leben beginnen. Es wird schwer werden, aber Evan hilft mir.“ Sie nahm seine Hand. „Ich kann Nutzlosigkeit nicht ausstehen. Es tut gut, gebraucht zu werden.“

„Aber als Heiler?" Coll schüttelte den Kopf. „Ein seltsamer Gedanke." Er sah Evan an. „Kann sie dir wirklich helfen?"

Evan hielt Maris' Hand in seiner und streichelte sie.

„Sie lernt schnell", sagte er, nachdem er einen Moment nachgedacht hatte. „Sie hat einen starken Willen zu helfen und drückt sich nicht vor unangenehmen oder schwierigen Aufgaben. Bis jetzt weiß ich noch nicht, ob sie das Talent dazu hat, ein Heiler zu werden.

Aber ich muß gestehen, auch wenn das egoistisch klingt, ich bin glücklich, daß sie hier ist. Ich hoffe, daß sie mich nie verlassen wird."

Die Röte stieg ihr ins Gesicht. Maris senkte den Kopf und trank einen Schluck. Seine letzten Worte hatten sie überrascht und erfreut. Bisher hatte es zwischen ihr und Evan kaum Gespräche über ihre Beziehung gegeben – keine romantischen Versprechungen, keine Forderungen und keine Komplimente. Und dennoch versuchte Maris den Gedanken zu vertreiben, daß sie Evan, was ihre Beziehung anging, keine Wahl gelassen hatte, daß sie sich in seinem Leben eingenistet hatte, bevor er darüber nachdenken konnte. Aber aus seiner Stimme klang Liebe.

Dann entstand ein Schweigen. Um diese Stille zu brechen, fragte Maris Coll nach Bari. „Seit wann reist sie mit dir?"

„Ungefähr seit sechs Monaten", sagte er. Er stellte seinen Krug ab und griff zur Gitarre. Während er sprach, untermalte er seine Worte mit einigen Akkorden. „Der neue Ehemann ihrer Mutter ist ein gewalttätiger Mann – einmal hat er Bari sogar geschlagen. Ihre Mutter ist nicht eingeschritten, aber sie hat auch nichts dagegen unternommen, daß ich Bari weggeholt habe. Sie erzählte mir, er wäre wahrscheinlich eifersüchtig auf Bari und möchte gern ein eigenes Kind haben."

„Und wie fühlt sich Bari?"

„Ich glaube sie ist glücklich, daß sie mit mir zusammen ist. Aber sie ist noch sehr klein. Sie vermißt natürlich ihre Mutter, aber sie ist glücklich, nicht in einem Haus leben zu müssen, wo sie nichts richtig machte."

„Willst du eine Sängerin aus ihr machen?" fragte Evan.

„Wenn sie es möchte. Ich hatte mich schon entschieden, als ich jünger war als sie, aber Bari weiß bis jetzt noch nicht, was sie aus ihrem Leben machen möchte. Sie singt wie eine Nachtigall. Aber es gehört mehr dazu, ein Sänger zu sein, als die Lieder anderer Leute zu singen, und bis jetzt hat sie noch kein Talent beim Dichten eigener Lieder gezeigt."

„Sie ist sehr jung", sagte Maris.

Coll zuckte die Achseln und legte die Gitarre beiseite. „Ja. Sie hat noch viel Zeit, und ich werde sie zu nichts zwingen." Er blinzelte und gähnte herzhaft. „Ich glaube, ich sollte ins Bett gehen."

„Ich zeige dir dein Zimmer", sagte Evan.

Coll lachte und schüttelte den Kopf. „Nicht nötig", sagte er. „Nach vier Tagen fühle ich mich hier schon wie zu Hause."

Er stand auf, und Maris erhob sich ebenfalls. Sie räumte die leeren Krüge weg, dann gab sie Coll einen Gutenachtkuß, zögerte aber, als Evan das Feuer aufschüttete und die Möbel geraderückte. Sie wartete darauf, Hand in Hand mit Evan ins Bett zu gehen.

Die nächsten Tage hielt Coll Maris bei guter Laune. Sie waren ständig zusammen, und er erzählte ihr seine Abenteuer oder sang für sie. Während all der Jahre, die Coll mit Barrion unterwegs gewesen war und Maris eine selbständige Fliegerin geworden war, hatten sie nicht viel Zeit miteinander verbracht. Nun, da Coll und Bari sie besuchten, kamen sie sich näher als in Colls Kindertagen. Zum erstenmal sprach er über seine gescheiterte Ehe und darüber, daß er sich selbst die Schuld dafür gab, weil er zu oft von zu Hause weggewesen war. Maris sprach weder über ihren Unfall noch über ihre Sorgen, denn dazu bestand kein Grund. Coll wußte nur zu gut, was ihr die Flügel bedeutet hatten.

Die Tage des Besuchs von Coll und Bari gingen unmerklich in Wochen über. Coll reiste herum, um in den Kneipen von Thossi und Port Thayos zu singen, wärend Bari Evan hinterdreinlief. Sie verhielt sich ruhig, zurückhaltend und aufmerksam. Evan fühlte sich durch ihr Interesse geschmeichelt. Die vier lebten harmonisch zusammen, teilten sich die Arbeit und setzten sich abends gemeinsam an den Kamin, um zu plaudern oder zu spielen. Maris erzählte Evan, Coll und sich selbst, daß sie zufrieden war. Sie konnte sich kein anderes Leben mehr vorstellen.

Dann kam S'Rella eines Tages.

Maris war an diesem Nachmittag allein im Haus und öffnete die Tür, als es klopfte. Ihre erste Reaktion beim Anblick ihrer alten

Freundin war Freude, aber als sie die Arme ausbreitete, um sie zu umarmen, wurde Maris' Blick unweigerlich von den Flügeln angezogen, die S'Rella über den Arm gelegt hatte. Ihr Herz schmerzte vor Sehnsucht. Selbst als sie S'Rella zu einem Stuhl führte und einen Kessel mit Teewasser aufsetzte, dachte sie, bald wird sie wieder wegfliegen und mich verlassen.

Es verlangte große Anstrengung von ihr, neben S'Rella zu sitzen und sie mit gespieltem Interesse nach Neuigkeiten zu fragen.

S'Rellas Gesicht leuchtete vor kaum unterdrückter Aufregung. „Ich bin geschäftlich hier", sagte sie. „Ich habe eine Botschaft für dich. Ich bin gekommen, um dich zu fragen, dich einzuladen nach Seezahn zu reisen, um dort als neue Leiterin der Akademie zu fungieren. Sie brauchen einen starken und beständigen Lehrer in Holzflügel, nicht so einen wie die früheren, die in den letzten sechs Jahren kamen und gingen. Jemanden, der mit der Akademie verbunden ist, jemand, der sich auskennt. Einen Führer. Dich, Maris. Alle sehen zu dir auf – niemand könnte diese Aufgabe besser erfüllen als du. Wir alle möchten, daß du den Job übernimmst."

Maris dachte an Sena, die nun schon fast fünfzehn Jahre tot war. Sie dachte daran, wie sie in den letzten Jahren ihres langen Lebens gewesen war. Eine gestürzte, verkrüppelte Fliegerin, die auf der Holzflüglerklippe stand und sich heiser rief, weil sie versuchte, ihr Wissen an die jungen Holzflügler weiterzugeben, die über ihr ihre Bahn zogen. Niemals mehr fliegen. Für immer an die Erde gebunden mit einem Bein, das nahezu unbrauchbar war, und einem blinden milchigweißen Auge. Für immer dort unten zu stehen und hinaufzustarren in die Sturmwinde, die Holzflügler beobachten, wie sie sich von ihr entfernten. All die Jahre, bis sie starb. Wie hatte sie das ertragen können?

Maris überlief ein kalter Schauer. Sie schüttelte energisch den Kopf.

„Maris?" S'Rellas Stimme klang verblüfft. „Du bist immer der zuverlässigste Unterstützer von Holzflügler und dem gesamten System gewesen. Es gibt noch so viel, das du tun könntest. Was ist los?"

Maris starrte sie merkwürdig an. Sie wollte schreien, aber sie sagte ganz leise: „Wie kannst du mich das fragen?"

„Aber . . ." S'Rella streckte die Hände aus. „Was kannst du hier tun? Maris, glaube mir, ich weiß, wie du dich fühlst, aber dein

Leben ist noch nicht vorbei. Ich erinnere mich, daß du mir einmal sagtest, wir, die Flieger, seien deine Familie. Und wir sind es noch. Es ist verrückt, dich so auszuschließen. Komm zurück. Du brauchst uns, und wir brauchen dich. Du gehörst nach Holzflügel – ohne dich wäre es nie entstanden. Du darfst ihm jetzt nicht den Rücken kehren."

„Das verstehst du nicht", sagte Maris. „Wie solltest du auch. Du kannst ja noch fliegen."

S'Rella ergriff Maris' Hand, ohne daß diese Geste erwidert wurde.

„Ich versuche es zu verstehen", sagte sie. „Ich weiß wie sehr du leidest. Glaub mir, seit ich von deinem Unfall hörte, habe ich versucht mir vorzustellen, wie mein Leben aussähe, wenn ich verletzt wäre. Wie du weißt, war ich selbst ein Jahr an die Erde gebunden, von daher habe ich eine Ahnung, aber natürlich brauchte ich nicht davon auszugehen, daß dies ein Dauerzustand blieb. Alle müssen darüber nachdenken. Für jeden Flieger kommt einmal das Ende. Manchmal kommt es im Wettkampf, manchmal durch eine Verletzung und oftmals aufgrund des Alters."

„Ich habe immer gedacht, ich würde daran zugrunde gehen", sagte Maris ruhig. „Ich habe nicht geglaubt, daß ich ohne zu fliegen weiterleben könnte."

S'Rella nickte. „Ja, ich weiß", sagte sie. „Aber nun ist es geschehen, und du mußt dich damit abfinden."

„Das tue ich", sagte Maris. „Das habe ich getan." Sie zog ihre Hand weg. „Ich führe hier ein neues Leben. Wenn du nicht gekommen wärst, wenn ich nur vergessen könnte..." Sie sah einen Ausdruck von Schmerz in S'Rellas Gesicht und wußte, daß sie ihre Freundin verletzt hatte.

Aber S'Rella schüttelte den Kopf und sah entschlossen aus. „Du kannst es nicht vergessen", sagte sie. „Das ist hoffnungslos. Du mußt weitermachen, du mußt das tun, was du kannst. Komm und unterrichte in Holzflügel. Bleib bei deinen Freunden. Wenn du dich hier versteckst, machst du dir etwas vor..."

„Nun gut, dann mache ich mir eben etwas vor", sagte Maris barsch. Sie stand auf, ging ans Fenster und tat so, als sähe sie hinaus. Als sähe sie das feuchte verschwommene Braun und Grün, als betrachtete sie den Wald. „Ich brauche diese Täuschung, um weiterleben zu können. Ich könnte es nicht ertragen, ständig das zu sehen, was ich verloren habe. Als ich dich in der Tür stehen sah, konnte ich nur an deine Flügel denken. Ich wünschte nur, sie umzuschnallen und davonzufliegen. Ich glaubte, ich hätte aufgehört daran zu denken. Ich dachte, ich wäre hier seßhaft geworden. Ich liebe Evan, und als seine Assistentin lerne ich eine ganze Menge. Ich tue etwas Nützliches. Ich genieße es, Coll um mich zu haben und die Bekanntschaft seiner Tochter zu machen. Aber der Anblick eines Flügelpaares wischt alles fort und verwandelt mein Leben in Staub."

Schweigen erfüllte die Hütte. Schließlich drehte sich Maris um und sah S'Rella an. Sie sah die Tränen im Gesicht ihrer Freundin, aber sie sah auch den Ausdruck dickköpfiger Mißbilligung.

„In Ordnung", sagte Maris seufzend. „Sag mir, daß ich mich irre. Sag mir deine Meinung."

„Ich denke", sagte S'Rella, „was du tust, ist falsch. Ich denke, daß du es dir, auf lange Sicht betrachtet, schwerer machst. Du kannst dein Leben nicht auswischen, als hätte es nie existiert. Du lebst nicht in einer Welt ohne Flieger. Du kannst dich hier verstekken und so tun, als seist du die Assistentin eines Heilers, aber du kannst niemals vergessen was du warst, daß du eine Fliegerin *bist*. Wir brauchen dich immer noch – es gibt noch ein Leben für dich. Du kommst noch nicht mit der neuen Situation zurecht – du stellst dich ihr nicht. Komm nach Holzflügel, Maris."

„Nein, nein, nein. S'Rella. Ich könnte es nicht ertragen. Vielleicht hast du recht, vielleicht ist es falsch, was ich tue, aber ich habe darüber nachgedacht, und es ist die einzige Möglichkeit für mich. Ich *muß* vergessen, was ich verloren habe, oder ich werde verrückt. Du verstehst das nicht, ich könnte es nicht ertragen zu sehen, wie alle um mich herum fliegen und die Luft genießen und zu wissen, daß ich nie mehr mit ihnen fliegen könnte. Für immer an meinen Verlust erinnert zu werden, das kann ich nicht. Holzflügel wird auch ohne mich überleben. Ich kann nicht dorthin zurückkehren." Sie schwieg und zitterte vor Furcht und vor der erneuten Erinnerung an ihren Verlust.

„In Ordnung", sagte S'Rella liebevoll. „Ich will dich nicht unter Druck setzen oder dir sagen, was du zu tun hast. Aber ... wenn du später einmal darüber nachdenkst, falls du deine Meinung änderst, die Stelle wird immer für dich frei sein. Es ist deine Entscheidung. Ich werde die Sache nicht mehr erwähnen."

Am nächsten Tag standen Evan und Maris früh auf und verbrachten den Vormittag damit, einen kranken, alten mürrischen Mann in seiner einsamen Hütte im Wald aufzuheitern. Bari, die schon seit Sonnenaufgang spielte, lief hinter ihnen her, weil ihr Vater noch schlief. Ihr gelang es wesentlich besser, dem alten Mann ein Lächeln abzuringen, als den beiden anderen. Maris war unglücklich. Sie war deprimiert und selbst gesundheitlich nicht auf dem Posten, deshalb erregte sie die weinerliche Klage nur. Sie mußte den Wunsch unterdrücken, ihm die Meinung zu sagen.

„Man hätte denken können, er stirbt, so wie er sich aufgeführt hat“, sagte Maris, als sie den Heimweg antraten.

Die kleine Bari sah sie merkwürdig an. „Er *stirbt*“, sagte sie leise und sah Evan an, von dem sie Unterstützung erhoffte.

Der Heiler nickte. „Das Kind hat recht“, sagte er mürrisch. „Die Anzeichen sind deutlich genug, Maris. Hast du alles vergessen, was ich dir beigebracht habe? Bari ist aufmerksamer als du, obwohl du nun schon Bescheid wissen müßtest. Ich bezweifle, daß er die nächsten drei Monate überlebt. Warum glaubst du wohl, habe ich ihm Tesis gegeben?“

„Anzeichen?“ Maris war verwirrt und entsetzt. Mit Leichtigkeit konnte sie sich an alles erinnern, was Evan ihr gesagt hatte, aber die Anwendung des Wissens war etwas anderes. „Er klagte über Schmerzen in den Gliedern“, sagte sie. „Ich dachte – er ist alt, und alte Leute haben oft . . .“

Evan stöhnte vor Ungeduld. „Bari“, sagte er, „woran hast du erkannt, daß er stirbt?“

„Ich habe es an seinen Ellbogen und Knien gefühlt. Es war genau, wie du es mir gezeigt hast“, sagte sie eifrig, denn sie war stolz darauf zu zeigen, was sie von Evan gelernt hatte. „Sie waren verknorpelt und wurden steif. Auch unter seiner Haut war etwas. Und hinter seinem Backenbart. Und seine Haut fühlte sich kalt an. Hatte er Geschwülste?“

„Geschwülste“, sagte Evan, sichtlich angetan. „Bei Kindern ist diese Krankheit heilbar, aber bei Erwachsenen niemals.“

„Das . . . das habe ich nicht bemerkt“, sagte Maris.

„Nein“, sagte Evan. „Das hast du nicht.“

Sie gingen ohne zu reden nach Hause. Bari hüpfte fröhlich einher, während Maris sich außerordentlich müde fühlte.

Ein vager Hauch von Frühling lag in der Luft.

Maris lebte auf, während sie mit Evan durch die reine Luft des frühen Morgens ging. Am Ende der Reise erwartete sie die düstere Festung des Landmannes, aber die Sonne schien, die Luft war frisch, und eine Brise streichelte sie fast durch den Mantel, den sie trug. Rote, blaue und gelbe Blumen leuchteten wie Juwelen zwischen dem grau-grünen Moos und dem dunklen Waldboden am Wegesrand. Vögel flogen wie Funken am Himmel, flogen zwischen den Bäumen hindurch und sangen. Es war ein Tag, an dem man sich am Leben freute und jede Bewegung selbst Vergnügen bereitete.

Evan ging schweigend neben ihr her. Maris wußte, daß ihn die Botschaft, die man ihnen gebracht hatte, beschäftigte. Sie waren vor Sonnenaufgang durch ein Klopfen an der Tür geweckt worden. Ein Läufer des Landmannes hatte völlig außer Atem mitgeteilt, daß der Heiler in der Festung gebraucht wurde. Er konnte nicht mehr sagen, denn mehr wußte er nicht. Aber jemand war verletzt und benötigte Hilfe.

Evan dachte nur an sein warmes weiches Bett und hatte nicht die geringste Lust, irgendwohin zu gehen. Seine weißen Haare standen ab wie die gesträubten Federn eines Vogels.

„Jeder weiß, daß der Landmann einen eigenen Heiler hat, der ihn, seine Familie und seine Diener betreut", stellte er fest. „Warum kommt er mit diesem Notfall nicht zurecht?"

Der Läufer, der offensichtlich nicht mehr wußte, als er gesagt hatte, sah verwirrt aus. „Reni, die Heilerin, wurde kürzlich eingesperrt, weil man sie des Verrates verdächtigte", sagte er mit sanfter atemloser Stimme.

Evan fluchte. „Verrat! Das ist Wahnsinn. Reni würde niemals – oh, hör auf, auf deine Lippe zu beißen, mein Junge. Wir, meine Assistentin und ich, kommen, um nach dem Verletzten zu sehen."

Nach kurzer Zeit erreichten sie das enge Tal und sahen die massive Steinfestung des Landmannes vor sich aufragen. Maris zog ihren Mantel, den sie offen getragen hatte, eng zusammen. Die Luft war hier kühler: Der Frühling hatte die Berggrenze noch nicht überschritten. Es gab weder Blumen noch zarte Efeuranken, um den dunklen Felsen aufzuhellen. Die einzigen Vogelstimmen, die man hören konnte, gehörten den Aasmöwen.

Eine ältere narbengesichtige Landwächterin mit einem Messer

im Gürtel und einem Bogen auf dem Rücken kam ihnen entgegen, als sie gerade das Tal erreicht hatten.

Sie fragte sie aus, durchsuchte sie und nahm Evans medizinische Ausrüstung in Augenschein, bevor sie sie durch zwei Kontrollstellen und das Tor zur Festung begleitete. Maris bemerkte, daß noch mehr Landwachen auf den hohen dicken Mauern patrouillierten als bei ihrem letzten Besuch. Auch fand das Exerzieren der Truppen im Hof mit besonderer Schärfe statt.

Der Landmann begrüßte sie in der äußeren Halle. Bis auf seine Leibgarde, die ständig fünf Schritte hinter ihm stand, war er allein. Als er Maris sah, verdunkelte sich sein Gesicht, und er herrschte Evan an: „Ich habe nach dir schicken lassen, Heiler, und nicht nach der flügellosen Fliegerin."

„Maris ist jetzt meine Assistentin", sagte Evan ruhig. „Wie du wissen solltest, ist sie keine Fliegerin mehr."

„Einmal Flieger, immer Flieger", schimpfte der Landmann. „Sie hat Fliegerfreunde, und wir können sie hier nicht gebrauchen. Die Sicherheit . . ."

Evan unterbrach ihn. „Sie ist eine angehende Heilerin. Ich verbürge mich für sie. Der Eid, der mich bindet, bindet auch sie. Wir werden nichts von dem erzählen, was hier geschieht."

Der Landmann sah immer noch verärgert aus. Maris war starr vor Wut – wie konnte er so über sie sprechen und so tun, als wäre sie gar nicht anwesend.

Schließlich sagte der Landmann voller Widerwillen: „Ich traue dieser ‚Anfängerschaft' nicht, aber ich will dein Wort in bezug auf sie annehmen. Doch denk daran, falls sie etwas von dem, was sie hier heute sieht, nach außen trägt, werdet ihr beide gehängt."

„Wir haben uns sehr beeilt, um hierher zu kommen", sagte Evan kühl, „aber an deinem Verhalten sehe ich, daß kein Grund zur Eile besteht."

Ohne etwas zu sagen, wandte sich der Landmann um und ließ eine weitere Landwache rufen. Dann verließ er sie, ohne sich noch einmal umzudrehen.

Die Landwachen, beide jung und schwer bewaffnet, führten Evan und Maris eine steile Steintreppe hinunter in einen Tunnel, der in den Felsen geschlagen worden war. Er lag wesentlich tiefer als die Wohnräume der Festung. In großen Abständen brannten Fackeln an den Wänden und hüllten alles in ein unbestimmtes, flackerndes Licht. Die Luft in dem engen niedrigen Tunnel roch nach Schimmel und beißendem Rauch. Maris litt plötzlich unter Klaustrophobie und ergriff Evans Hand.

Schließlich gelangten sie in einen Korridor, der sich gabelte und der mit schweren Holztüren verschlossen war. An einer dieser Türen hielten sie an. Die Wächter schoben die schweren Riegel, mit denen die Tür verschlossen war, beiseite. Hinter dieser Tür lag eine kleine Zelle mit einem hohen runden Fenster. Auf dem Boden lag ein Strohsack. An einer Wand lehnte eine junge Frau mit langen blonden Haaren. Ihre Lippen waren geschwollen, sie hatte ein blaues Auge, und auf ihrer Kleidung zeigten sich Blutspuren. Maris brauchte einen Augenblick, um sie wiederzuerkennen.

„Tya“, sagte sie verwundert.

Die Landwachen ließen sie allein, verschlossen die Tür von außen und gaben ihnen die Zusage, daß sie draußen warten würden, falls man sie brauchte.

Während Maris verständnislos dreinblickte, ging Evan zu Tya. „Was ist geschehen?“ fragte er.

„Die Gorillas des Landmannes waren nicht gerade zärtlich, als sie mich festnahmen“, sagte Tya in ihrer kühlen ironischen Art. Es klang als spräche sie über jemand anders. „Vielleicht war es auch mein Fehler, daß ich mich gewehrt habe.“

„Wo bist du verletzt?“ fragte Evan.

Tya zog eine Grimasse. „Dem Gefühl nach haben sie mir das Schlüsselbein gebrochen und einen Zahn ausgeschlagen. Das ist alles, nur Kratzer, sonst nichts. Das Blut stammt von meinen Lippen.“

„Maris, gib mir die Tasche“, sagte Evan.

Maris brachte sie ihm. Sie sah Tya an. „Wie konnte er eine Fliegerin einsperren? Warum?“

„Ich werde des Verrates beschuldigt“, sagte Tya. Dann keuchte sie, weil Evans Finger ihren Hals abtasteten.

„Setz dich hin“, sagte Evan und half ihr dabei. „Das ist besser.“

„Er muß verrückt sein“, sagte Maris. Die Nachricht rief den Geist des verrückten Landmannes von Kennehut auf den Plan. Aus Kummer darüber, daß sein Sohn in einem weitentfernten Land gestorben war, ließ er den Überbringer der nicht willkommenen Nachricht hinrichten. Später haben ihn die Flieger gemieden, bis das stolze, reiche Kennehut einsam und ruiniert war. Sein

Name galt von diesem Zeitpunkt an als Synonym für Wahnsinn und Verzweiflung. Seitdem hat es kein Landmann gewagt, einem Flieger ein Haar zu krümmen. Bis jetzt.

Maris schüttelte den Kopf. Sie starrte Tya an, ohne sie wahrzunehmen. „Hat er den Verstand verloren, daß er glaubt, die Nachricht, die du ihm von seinen Feinden überbracht hast, wäre deine Idee? Das Verrat zu nennen, ist ein Fehler an sich. Du bist nicht sein Untertan – er weiß, daß die Flieger nicht dem niederen örtlichen Gesetz unterstehen. Wie solltest du, als ihm Ebenbürtige, etwas Verräterisches tun? Was wirft er dir vor?"

„Oh, er weiß, was ich tat", sagte Tya. „Ich habe nicht behauptet, daß ich zu Unrecht eingesperrt wurde. Aber ich habe nicht erwartet, daß er es herausfindet. Ich kann es mir nicht erklären, ich war doch so vorsichtig." Sie zuckte. „Aber jetzt ist alles umsonst. Es wird Krieg geben, so schlimm und blutig, als hätte ich mich nie eingemischt."

„Das verstehe ich nicht."

Tya grinste sie an. Trotz ihres blauen Auges, ihrer Wunden und ihrer offensichtlichen Schmerzen war sie ein scharfer Beobachter. „Nein? Ich habe gehört, daß Flieger früher einmal Nachrichten übermitteln konnten, ohne ihren Sinn zu kennen. Aber ich kannte ihn immer: jede kriegerische Drohung, jede verlockende Versprechung, jede mögliche Allianz. Ich mußte Dinge auswendig lernen, die ich nicht aussprechen wollte. Ich habe die Botschaften verändert. Am Anfang ganz wenig, da habe ich sie nur diplomatischer klingen lassen. Dann bin ich mit der Antwort zurückgeflogen, die den Krieg aufschob oder ihm auswich. Es hat funktioniert – bis er meinen Betrug herausfand."

„In Ordnung, Tya", sagte Evan. „Schluß jetzt mit dem Gerede. Ich muß dein Schlüsselbein richten, das wird weh tun. Kannst du stillhalten, oder soll Maris dich festhalten?"

„Ich werde es schon schaffen, Heiler", sagte Tya. Sie atmete tief ein.

Maris sah Tya ausdruckslos an. Sie konnte kaum glauben, was sie gehört hatte. Tya hatte das Undenkbare getan – sie hatte eine Botschaft, die man ihr anvertraut hatte, verändert. Sie hatte sich in die Politik der Landgebundenen eingemischt, anstatt über den Dingen zu stehen, wie es sich für einen Flieger gehörte. Die verrückte Tat, einen Flieger einzusperren, erschien jetzt nicht mehr verrückt. Was hätte der Landmann sonst tun sollen? Deshalb hatte ihn Maris' Anwesenheit auch so verärgert. Wenn die anderen Flieger das erführen . . .

„Was hat der Landmann mit dir vor?“ fragte Maris.

Zum erstenmal sah Tya betrübt aus. „Die übliche Strafe für Verrat ist Tod.“

„Das würde er nicht wagen!“

„Da bin ich nicht so sicher. Ich fürchtete, er wollte mich hier vergraben, mich heimlich töten und die Landwachen, die mich einsperrten, zum Schweigen bringen. Dann wäre ich einfach verschwunden. Man hätte glauben können, ich sei im Meer ertrunken. Aber nun bist du hier, Maris, deshalb kann er das nicht tun. Du würdest es verraten.“

„Und dann würden wir beide als verräterische Lügner gehängt“, sagte Evan etwas scherzhaft. Dann fügte er mit ernster Stimme hinzu: „Nein, ich glaube du hast recht, Tya. Der Landmann hätte mich nicht rufen lassen, wenn er dich heimlich töten wollte. Dann wäre es einfacher gewesen, dich sterben zu lassen. Je mehr Leute von deiner Gefangenschaft wissen, desto größer ist sein Risiko.“

„Du unterstehst dem Fliegergesetz – der Landmann hat kein Recht, einen Flieger zu verurteilen“, sagte Maris. „Er muß dich den Fliegern übergeben. Man wird eine Gerichtsversammlung einberufen und dir die Flügel abnehmen. Oh, Tya. Ich habe noch nie gehört, daß ein Flieger so etwas getan hat.“

„Ich habe dich geschockt, Maris?“ Tya lächelte. „Du kannst dich nicht damit abfinden, daß jemand die Traditionen bricht, nicht einmal du? Ich habe dir gesagt, du warst kein Einflügler.“

„Macht das einen so großen Unterschied?“ fragte sie ruhig. „Glaubst du, die Einflügler stellen sich auf deine Seite und heißen dein Verbrechen gut? Glaubst du, du darfst deine Flügel behalten? Welcher Landmann sollte dich anfordern?“

„Den Landmännern wird es nicht gefallen“, sagte Tya, „aber vielleicht ist es an der Zeit, daß sie erkennen, daß sie uns nicht kontrollieren können. Viele meiner Einflüglerfreunde sehen das so wie ich. Die Landmänner haben zu viel Macht, besonders hier im Osten. Woher haben sie dieses Recht? Von Geburt? Die Herkunft entschied darüber, wer Flügel tragen durfte, aber das hat deine Versammlung geändert. Warum sollte nicht auch die Machtfrage geändert werden?

Du darfst nicht vergessen, welche Machtbefugnisse ein Landmann hat, Maris. Im Westen ist das anders. Du hast über allem gestanden, wie die früheren Flieger. Aber für einen Einflügler sieht die Sache anders aus.

Wir wachsen wie alle anderen Landgebundenen auf, ohne etwas Besonderes an uns zu haben. Selbst wenn wir unsere Flügel errungen haben, sind wir Untertanen der Landmänner. Sie müssen zwar den Flügeln Respekt zollen und uns als Ebenbürtige ansehen, aber diese Art von Respekt ist ein zerbrechliches Ding. In jedem Wettkampf können wir die Flügel verlieren und sind wieder ganz gewöhnliche Landgebundene.

Im Osten, in den Embers, auf den meisten Inseln im Süden und auf einigen im Westen – wo immer die Landmänner die Macht innehaben, achten sie die Flieger, die die Flügel geerbt haben, mehr. Auch wenn sie es verbergen, sie verachten jene von uns, die hart dafür gearbeitet haben, ein Flügelpaar zu erringen. Sie behandeln uns nur oberflächlich wie ihresgleichen. Sie versuchen unentwegt, uns zu kontrollieren, uns zu kaufen oder zu verkaufen, uns herumzukommandieren. Sie füttern uns mit Botschaften, als wären wir nicht mehr als ein paar dressierte Vögel. Was ich getan habe, wird sie aufrütteln und zwingen, nachzudenken. Wir sind nicht ihre Diener, und wir werden nicht mehr gehorsam Botschaften übermitteln, die wir verachten. Wir werden keine Todesurteile und Ultimaten, die Kriege auslösen, die unsere Familien, unsere Freunde und andere Unschuldige vernichten, überbringen!"

„Du kannst dir die Nachrichten nicht einfach aussuchen", unterbrach Maris. „Das kannst du nicht – der Bote ist nicht für den Inhalt seiner Mitteilung verantwortlich."

„Das haben sich die Flieger jahrhundertelang eingeredet", sagte Tya. Ihre Augen funkelten vor Wut. „*Selbstverständlich* trägt der Bote Verantwortung! Ich habe einen Verstand, ein Herz und ein Bewußtsein. Ich kann nicht vorgeben, es nicht zu haben."

Plötzlich, wie eine kalte Dusche, kam Maris der Gedanke in den Sinn! ‚Damit habe ich nichts zu tun.' Sie war verbittert und wütend. Was mischte sie sich in Fliegergeschäfte ein? Sie war keine Fliegerin. Dann sah sie Evan an. „Wenn du fertig bist, sollten wir gehen."

Er legte eine Hand auf ihre Schulter und nickte. Dann sah er Tya an. „Es ist nur angebrochen", sagte er. „Es wird gut heilen. Ruhe dich aus und tue nichts, wobei der Verband verrutschen könnte."

Tya grinste schief. Ihre gelben Zähne wurden sichtbar. „Wie zum Beispiel ein Fluchtversuch? So etwas habe ich nicht vor. Aber das solltest du auch dem Landmann sagen, damit seine Wachen mich nicht wieder mit ihren Keulen massieren."

Evan klopfte an die Tür, um den Wachen Bescheid zu geben. Sofort wurde das Geräusch des Zurückschiebens der Riegel hörbar.

„Auf Wiedersehen, Maris", rief Tya.

Maris zögerte, bevor sie den Raum verließ. Dann wandte sie sich um. „Ich glaube nicht, daß der Landmann es wagt, dich zu verurteilen", sagte sie ernst. „Er wird dich deinen Richtern überlassen. Aber ich glaube nicht, daß sie freundlich sein werden, Tya. Was du getan hast, ist zu gefährlich. Es betrifft zu viele Menschen – es betrifft jeden."

Tya starrte sie an. „Das gilt auch für das, was du getan hast, Maris. Aber die Welt braucht eine weitere Veränderung, glaube ich. Ich weiß, daß ich das Richtige getan habe, auch wenn ich verurteilt werde."

„Vielleicht braucht die Welt eine Veränderung", sagte Maris nachdrücklich, „aber sollten wir sie auf diese Art verändern? Du hast lediglich Drohungen gegen Lügen ausgetauscht. Glaubst du wirklich, daß die Flieger als Ganzes klüger und edler sind als die Landmänner? Glaubst du, daß sie die Verantwortung dafür tragen sollten, welche Botschaften sie übermitteln, welche sie abändern und welche sie nicht weiterleiten?"

Tya sah sie unbeweglich an. „Ich würde es wieder tun", sagte sie.

Der Gang durch die Tunnel erschien ihnen auf dem Rückweg wesentlich kürzer.

In der äußeren Halle wurden sie vom Landmann erwartet. Er sah sie beide kritisch an, als suchte er nach Anzeichen von Wut oder Angst. „Ein höchst unglücklicher Unfall", sagte er.

Evan sagte: „Sie leidet nur an einem gebrochenen Schlüsselbein und einigen Hautabschürfungen. Wenn man ihr gut zu essen gibt und sie sich ausruhen kann, wird sie sich schnell erholen."

„Während ihrer Gefangenschaft wird ihr die beste Pflege zukommen", sagte der Landmann. Obwohl er seine Worte an Evan gerichtet hatte, sah er Maris an. „Ich habe Jem ausgesandt, damit er von ihrer Inhaftierung berichtet. Eine undankbare Aufgabe –

die Flieger haben keinen Führer und sind nicht organisiert, das würde alles vereinfachen. So muß er es möglichst vielen Fliegern mitteilen, das braucht seine Zeit. Aber er wird es schaffen. Jem fliegt schon viele Jahre für mich, und seine Mutter ist bereits für meinen Vater geflogen. Wenigstens auf ihn kann ich mich verlassen."

„Dann willst du Tya den Fliegern übergeben, damit sie das Urteil sprechen?" sagte Maris.

Der Mund des Landmannes verzog sich krampfartig. Er sah Evan an und gab deutlich zu erkennen, daß er Maris ignorierte. „Ich hatte die Idee, daß die Flieger jemanden schicken möchten, der ihren Standpunkt vertritt. Um Tya ordnungsgemäß zu verurteilen, um Gnade für sie zu erbitten oder um mildernde Umstände geltend zu machen. Aber das Verbrechen wurde gegen mich verübt, gegen Thayos, und deshalb kann nur der Landmann von Thayos die Verhandlung einberufen und die Strafe festsetzen. Stimmst du mir zu?"

„Ich kenne weder die Gesetze noch die Pflichten der Landmänner", sagte Evan ruhig. „Ich kenne mich nur in der Heilkunde aus."

Maris fühlte den warnenden Druck von Evans Hand auf ihrem Arm und sagte nichts. Es fiel ihr entsetzlich schwer, denn jahrelang hatte sie immer ausgesprochen, was sie dachte.

Der Landmann lächelte Evan an. Aber es war ein hämisches, unangenehmes Lächeln. „Vielleicht möchtest du etwas lernen? Du und deine Assistentin, seid herzlich eingeladen zu bleiben und mit mir zu speisen. Anschließend biete ich euch eine erbauliche Unterhaltung. Eine Verräterin, Reni die Heilerin, wird bei Sonnenuntergang gehängt."

„Für welches Verbrechen?"

„Verrat, wie ich schon sagte. Diese Reni hatte einen Verlobten auf Thrane. Man hat ihn des öfteren in der Gesellschaft von verräterischen Fliegern gesehen. Auch ist bekannt, daß er sie heiraten wollte. Er war ihr Komplize. Wollt ihr nicht bleiben und sehen, wie es jenen ergeht, die mich betrügen?"

Maris wurde übel.

„Ich glaube nicht", sagte Evan. „Nun, wenn du uns entschuldigst. Wir müssen uns auf den Weg machen."

Evan und Maris sagten kein Wort, bis die Landwachen sie am

Eingang des Tales verlassen hatten und sie auf dem Weg waren, der sie heimführte. Erst dort waren sie vor unfreundlichen Lauschern sicher.

„Arme Reni“, sagte Evan dann.

„Arme Tya“, sagte Maris. „Er will sie auch hängen. Zweifellos war es falsch, was sie getan hat. Aber was ist das für ein Ende. Ich weiß nicht, was die Flieger tun werden, aber das können sie nicht tolerieren. Ein Flieger darf nicht von einem Landmann verurteilt und gehängt werden!“

„Vielleicht kommt es nicht dazu“, sagte Evan. „Zweifellos wird die arme Reni sterben, aber vielleicht wird der Landmann dadurch besänftigt. Er ist zwar ein Mann, der gern Blut sieht, aber er ist nicht total verrückt. Er wird sicherlich einsehen, daß er Tya den Fliegern übergeben muß und daß sie sie bestrafen sollten.“

„Was immer auch mit Tya geschieht, es geht mich nichts an“, sagte Maris mit einem Seufzer. „Es fällt mir schwer, mich nach vierzig Jahren damit abzufinden, daß ich keine Fliegerin mehr bin. Aber nun bin ich eine Landgebundene wie jede andere, und ich habe nichts mit Tyas Schicksal zu tun.“

Evan legte den Arm um sie und drückte sie, während sie ihren Weg fortsetzten.

„Maris, niemand erwartet von dir, daß du dein Leben als Fliegerin vergißt.“

„Das weiß ich“, sagte Maris. „Niemand außer mir. Aber das ist nicht gut, Evan. Ich muß es vergessen, sonst kann ich nicht weiterleben. Als ich jung war, hielt ich die Holzflügel-Geschichte für romantisch. Für mich waren Träume immer das Wichtigste, und ich glaubte, wenn man sich etwas stark genug wünscht, würde es auch wahr werden, selbst wenn man dafür sterben müßte. Es ist mir nie in den Sinn gekommen, darüber nachzudenken, was mit Holzflügel geschehen wäre, wenn man ihn gerettet hätte und sein legendärer Sturz ihn nicht getötet hätte. Was geschehen wäre, wenn er auf seinen unmöglichen Holzflügeln getrieben wäre und er zu seinen landgebundenen Freunden zurückgekehrt wäre. Wie wäre sein Leben wohl nach diesem Scheitern verlaufen, wenn all seine Träume geplatzt wären. Welche Kompromisse hätte er geschlossen.“ Sie seufzte und legte ihren Kopf auf Evans Schulter. „Ich bin länger geflogen als viele andere. Ich sollte zufrieden sein. Ich wünschte, ich könnte es. In mancherlei Beziehung bin ich noch ein Kind,

Evan. Ich habe nie gelernt, mit Enttäuschungen fertig zu werden. Ich habe gedacht, es gäbe immer einen Weg, das zu bekommen, was ich will, ohne Kompromisse schließen zu müssen. Das ist schlimm, Evan."

„Erwachsenwerden kann schmerzhaft sein", sagte Evan. „Und die Heilung dauert lange. Nimm dir Zeit, Maris.

Coll und Bari waren abgereist. Sie hatten geplant, Thayos noch einmal zu besuchen, bevor sie mit dem Schiff zu den Inseln im Osten zurückkehrten. Sie würden bald wiederkommen, hatte Coll Maris und Evan versichert, aber Maris befürchtete, daß eins zum anderen käme und daß es eher eine Frage von Jahren als von Monaten wäre, bis sie Coll und seine Tochter wiedersähe.

Tatsächlich war es nur eine Frage von Tagen.

Coll raste vor Wut. „Man braucht die Erlaubnis des Landmannes, um diese gottverdammte Insel zu verlassen", gab er als Antwort auf Maris' überraschte Begrüßung. Er tobte beinahe. „Was ist das für eine Zeit, wo Sänger als Spitzel verdächtigt werden!"

Bari blickte scheu hinter dem Rücken ihres Vaters hervor, dann lief sie, um Maris und Evan zu umarmen.

„Ich freue mich, daß wir wieder hier sind", sagte sie.

„Ist Thrane schon der Krieg erklärt worden?" fragte Evan. Trotz eines kurzen Lächelns für Bari war sein Gesicht voller Zorn.

Coll warf sich in den großen Sessel am Kamin.

„Ich weiß nicht, ob man den Krieg schon erklärt hat", sagte er. „Aber in den Straßen geht das Gerücht um, daß der Landmann drei mit Landwachen besetzte Kriegsschiffe ausgesandt hat, die die Eisenminen bewachen sollen." Während er sprach, hantierte er mit seiner Gitarre herum, aber seine unruhigen Finger brachten nur Mißklänge zustande. „Und während wir auf den Ausgang dieses kleinen Unternehmens warten, darf niemand ohne die ausdrückliche und persönliche Erlaubnis des Landmannes auf der Insel landen oder sie verlassen. Die Händler sind wütend, aber sie haben Angst, sich zu beschweren." Coll lachte höhnisch. „Warte nur, bis ich weit genug weg bin, dann schreibe ich ein Lied, daß dem Landmann Hören und Sehen vergeht, wenn es an seine Ohren dringt. Und das wird es ganz sicher."

Maris lachte. „Du hörst dich an wie Barrion. Er hat immer behauptet, daß die Sänger die eigentlichen Herrscher sind."

Diese Bemerkung rang Coll ein Lächeln ab, aber Evan blieb ernst. „Kein Lied wird die Verwundeten heilen oder die Toten zum Leben erwecken“, sagte er. „Wenn der Krieg bevorsteht, müssen wir den Wald verlassen und nach Port Thayos gehen, denn dorthin werden sie die Verwundeten bringen. Ich werde dort gebraucht.“

„In den Straßen ist die Hölle los“, sagte Coll. „Es gibt Gerüchte und alle Arten von Geschichten. In der Stadt herrscht eine angespannte Atmosphäre. Der Landmann hat seine Heilerin gehängt, deshalb haben die Leute Angst, zur Festung zu gehen. Es wird bald Ärger geben, und nicht nur mit Thrane.“ Er sah Maris an. „Auch bei den Fliegern ist etwas im Gange. Ich sah wohl ein Dutzend Flügelpaare kommen und gehen. Zuerst habe ich gedacht, sie brächten Kriegsnachrichten, aber eine Frau, mit der ich etwas im „Szyllas Kopf“ getrunken habe, verriet mir mehr. Sie hat eine Schwester bei den Landwachen, und sie hat berichtet, daß ihre Schwester damit prahlt, erst vor kurzem eine Fliegerin eingesperrt zu haben. Der Landmann will die Sache selbst in die Hand nehmen und die Fliegerin wegen Verrates verurteilen! Kannst du dir das vorstellen?“

„Ja“, sagte Maris. „Es ist wahr.“

„Ah“, sagte Coll. Er sah überrascht aus und hatte den Faden verloren. „Nun. Könnte ich eine Tasse Tee haben?“

„Ich hole ihn“, sagte Evan.

„Erzähl weiter“, sagte Maris. „Welche anderen Gerüchte?“

„Wahrscheinlich weißt du mehr als ich. Was hat es mit der Inhaftierung auf sich? Ich kann das kaum glauben. Was weißt du darüber?“

Maris zögerte. „Man hat uns davor gewarnt, darüber zu sprechen.“

Voller Ungeduld schlug Coll einen Akkord auf der Gitarre an. „Verdammt noch mal, ich bin dein Bruder. Sänger oder nicht. Ich kann schweigen. Raus mit der Sprache!“

Also erzählte Maris ihm, daß man sie zur Festung bestellt hatte und was sie dort erfahren hatten.

„Das erklärt vieles“, sagte er, nachdem sie geendet hatte. „Oh, davon habe ich sowieso gehört. Die Leute, selbst die Landwachen, reden, und die Geheimnisse des Landmannes werden nicht so gut gehütet, wie er sich das vorstellt. Aber das hätte ich mir trotzdem nicht träumen lassen. Deswegen sind so viele Flieger hier. Wie will der Landmann es schaffen, daß kein Flieger kommt oder geht!" Er grinste.

„Die anderen Gerüchte", sagte Maris hartnäckig.

„Ja", sagte Coll. „Wußtest du, daß Val Einflügler auf Thayos war?"

„Val? Hier?"

„Er hat die Insel inzwischen wieder verlassen. Man erzählte mir, er wäre erst vor einigen Tagen angekommen. Er hätte sehr mitgenommen ausgesehen, als hätte er einen langen Flug hinter sich gehabt. Fünf oder sechs andere begleiteten ihn. Alles Flieger."

„Hast du irgendwelche Namen gehört?"

„Nur Vals. Er ist berüchtigt. Aber man hat mir einige von den anderen beschrieben. Eine stämmige Frau aus dem Süden mit weißem Haar. Ein großer Mann mit einem schwarzen Bart und einer Kette aus Szyllazähnen. Einige aus dem Westen, zu denen auch zwei gehörten, die womöglich Brüder sind."

„Damen und Athen", sagte Maris. „Bei den anderen bin ich mir nicht sicher."

Evan kam mit Tassen heißen Tees und einer Platte belegter Brote zurück. „Ich schon", sagte er. „Wenigstens bei einem. Der Mann mit der Halskette ist Katinn von Lomarron. Er kommt des öfteren nach Thayos."

„Natürlich", sagte Maris. „Katinn. Ein Führer unter den östlichen Einflüglern."

„Hast du noch mehr Neuigkeiten?" fragte Evan.

Coll stellte seine Gitarre beiseite und blies in seinen Tee, um ihn abzukühlen. „Man sagte mir, Val wäre gekommen, um die Flieger zu vertreten. Er wolle mit dem Landmann über die Freilassung der gefangengehaltenen Frau, dieser Tya, verhandeln."

„Ein Bluff", sagte Maris. „Val repräsentiert die Flieger nicht. Alle, die du erwähnt hast, sind Einflügler. Die alten Familien und Traditionalisten hassen Val immer noch. Sie werden ihn nie als Sprecher akzeptieren."

„Ja, das habe ich auch gehört", sagte Coll.

„Wie dem auch sei, man sagt, daß Val eine Fliegerversammlung einberufen wollte, um über Tya zu urteilen. Bis dahin wollte er sie im Gewahrsam des Landmannes lassen ..."

Maris nickte voller Ungeduld. „Ja, ja. Aber was hat der Landmann dazu gesagt?"

Coll zuckte die Achseln. „Einige sagten, er wäre äußerst gelassen gewesen, andere erzählten, er und Val Einflügler hätten sich lautstark gestritten. In jedem Fall hat er darauf bestanden, daß der Gerichtshof des Landmannes die Anklage gegen die Fliegerin erhebt und daß er sie aburteilt und selbst den Urteilsspruch fällt. Die Gerüchte behaupten, daß das Urteil schon feststeht."

„Dann hat ihm die arme Reni nicht genügt", schimpfte Evan. „Der Landmann braucht einen weiteren Toten, um seine Ehre zu rächen."

„Was hat Val dazu gesagt?" fragte Maris.

Coll trank einen Schluck Tee. „Ich nehme an, Val hat die Insel nach seinem Treffen mit dem Landmann verlassen. Manche behaupten, die Einflügler wollten die Festung stürmen und Tya befreien. Auch spricht man von einer Fliegerversammlung, die Val einberufen hat, um eine Strafe über Thayos zu verhängen, indem man es meidet."

„Kein Wunder, daß die Leute Angst haben", sagte Evan.

„Auch die Flieger sollten Angst haben", sagte Coll. „Ihre Gunst bei den Einheimischen beginnt langsam nachzulassen. In einer Kneipe bei den nördlichen Klippen hörte ich eine Unterhaltung mit an. Man erzählte sich, die Flieger hätten Windhaven immer heimlich regiert. Sie hätten über das Schicksal der Inseln und Menschen entschieden, indem sie ihre Botschaften und Lügen überbracht hätten."

„Das ist absurd!" sagte Maris verärgert. „Wie können sie so etwas glauben?"

„Es geht darum, daß sie es glauben", antwortete Coll. „Ich bin der Sohn eines Fliegers. Obwohl ich ein Flieger werden sollte, war ich es doch nie. Aber ich kenne die Bräuche der Flieger, die Bande, die sie verbinden, und das Gefühl, das sie glauben macht, sich von den anderen zu unterscheiden. Sie halten sich für eine Gesellschaft in der Gesellschaft. Aber ich kenne auch die Menschen, die die Flieger ‚Landgebundene' nennen und die sie ebenso für eine große Familie halten wie die Flieger."

Er stellte seine Teetasse ab und nahm seine Gitarre zur Hand.

„Du weißt, wie verächtlich die Flieger die Landgebundenen behandeln, Maris", sagte er. „Ich glaube, du hast noch nicht bemerkt, wie empfindlich die Landgebundenen gegenüber den Fliegern reagieren."

„Ich habe landgebundene Freunde“, sagte Maris. „Und alle Einflügler haben einmal als Landgebundene begonnen.“

Coll seufzte. „Ja, es *gibt* welche, die die Flieger anbeten. Herbergsbesitzer, die ihr Leben ganz in den Dienst der Flieger stellen, Kinder, die die Flügel eines Fliegers berühren möchten, Anhänger, denen es ein besonderes Vergnügen bereitet und die ihren Status dadurch verbessern, daß sie mit einem Flieger ins Bett gehen. Aber es gibt auch andere. Es gibt Landgebundene, die keinen Wert auf die Freundschaft eines Fliegers legen, Maris.“

„Ich weiß, daß es Probleme gibt. Ich habe die Feindseligkeit, die Val entgegenschlug, als er seine Flügel bekam, nicht vergessen. Und die Drohungen, die Schläge und die Kälte. Aber die Dinge ändern sich, zumal jetzt, wo nicht mehr die Geburt allein die Gesellschaft der Flieger begrenzt.“

Coll schüttelte den Kopf. „Es ist noch schlimmer geworden. Früher, als die Herkunft noch eine Rolle spielte, glaubten die Leute, Flieger wären etwas Besonderes. Auf vielen Inseln im Süden sind die Flieger Priester, eine besondere Kaste, die vom Himmelsgott gesegnet wurde. In Artellia sind sie Prinzen. So wie die Landmänner im Osten ihre Macht von ihren Eltern erben, so erbten die Flieger ihre Flügel.

Heute würde niemand mehr den Fehler begehen, zu glauben, die Flieger wären von Gott auserwählt. Plötzlich gibt es neue Fragen. Wie konnte dieses schmutzige Bauernkind, mit dem ich aufwuchs, plötzlich so mächtig und angesehen werden? Was trennt es von seinem früheren Nachbarn? Was gibt ihm die Freiheit, die Macht und den Reichtum eines Fliegers? Diese Einflügler stehen nicht soweit abseits, wie die traditionellen Flieger, manche herrschen über ihre alten Freunde, oder sie mischen sich in lokale Ereignisse ein. Sie ziehen sich nicht völlig aus der Politik der Inseln zurück. Sie haben Interesse an ihrer Heimat. Und das schafft Probleme.“

„Vor zwanzig Jahren hätte es kein Landmann gewagt, einen Flieger gefangenzunehmen“, sagte Evan nachdenklich. „Aber hätte vor zwanzig Jahren ein Flieger gewagt, eine Botschaft abzuändern?“

„Natürlich nicht“, sagte Maris.

„Deswegen wundere ich mich, wie viele Menschen das glauben“, fügte Coll hinzu.

„Jetzt, da es passiert ist, wird vielen bewußt, daß es vielleicht schon früher geschehen ist. Jene Bauern, die ich belauscht habe, waren davon überzeugt, daß die Flieger die Nachrichten jahrelang abgeändert haben. Nachdem was ich gehört habe, sieht man den Landmann von Thayos als Helden an, weil er die Wahrheit ans Licht gebracht hat."

„Ein *Held?*" sagte Evan erstaunt.

„Wegen einer gutgemeinten Lüge kann sich doch nicht alles ändern", sagte Maris hartnäckig.

„Nein", sagte Coll. „Der Wandel findet schon seit langem statt. Und du bist schuld daran."

„*Ich?* Damit habe ich nichts zu tun."

„Nein?" Coll grinste sie an. „Denk darüber nach. Barrion hat mir einmal eine Geschichte erzählt, große Schwester. Über ihn und dich. Ihr wart mit einem Boot unterwegs und habt nur darauf gewartet, Corm die Flügel zu stehlen, damit du deine Versammlung einberufen konntest. Erinnerst du dich?"

„Selbstverständlich erinnere ich mich!"

„Nun, er erzählte mir, ihr wäret dort eine ganze Weile getrieben und hättet darauf gewartet, daß Corm sein Haus verläßt. Und während ihr gewartet habt, hat Barrion darüber nachgedacht, was ihr vorhattet. Er hat sich mit einem Messer die Fingernägel gereinigt, und dann fiel ihm ein, daß es möglicherweise das beste wäre, das Messer gegen dich zu gebrauchen. Es hätte Windhaven vor einem Chaos bewahrt, sagte er. Denn wenn du gewinnen würdest, gäbe es mehr Änderungen, als du dir vorstelltest und viele Generationen würden darunter leiden. Barrion hat sehr viel von dir gehalten, Maris, aber er hielt dich auch für naiv. *Man kann nicht mitten im Lied eine Note ändern,* hat er zu mir gesagt. Wenn man die erste Änderung vornimmt, müssen andere folgen, bis das ganze Lied überarbeitet ist. Wie du siehst, bedingt sich alles wechselseitig."

„Warum hat er mir dann geholfen?"

„Barrion hat immer Probleme verursacht", sagte Coll. „Ich denke, er wollte das ganze Lied neu gestalten, um etwas Besseres daraus zu machen."

Ihr Stiefbruder grinste sie hintergründig an. „Außerdem", fügte er hinzu, „hat er Corm nie leiden können."

Nach einer Woche ohne Nachrichten entschied sich Coll, nach Port Thayos zurückzukehren, um zu hören, was er tun konnte. Die Docks und Kneipen, wo er seine Kunst betrieb, waren immer eine reiche Quelle an Neuigkeiten. „Vielleicht besuche ich sogar die Festung des Landmannes", sagte er munter. „Ich möchte ein Lied über den hiesigen Landmann schreiben, und ich bin gespannt darauf, sein Gesicht zu sehen, wenn er es hört."

„Unterstehe dich, Coll", sagte Maris.

Er grinste. „Ich bin doch nicht verrückt, große Schwester. Aber falls der Landmann gute Lieder zu schätzen weiß, wäre das einen Besuch wert. Vielleicht kann ich etwas lernen. Paß inzwischen bitte auf Bari auf."

Zwei Tage später brachte ein Weinhändler einen Patienten: ein großer struppiger schwarzer Hund. Einer von zwei riesigen Hunden, die seinen Holzkarren von Dorf zu Dorf zogen. Ein Kapuzenhenker hatte das Tier angefallen und nun lag es von Blut und Dreck verschmiert zwischen den Weinschläuchen.

Evan konnte nichts mehr für das Tier tun, aber für seine Bemühungen gab ihm der Weinhändler einen Schlauch sauren roten Weins. „Sie haben diese verräterische Fliegerin verurteilt", berichtete der Weinhändler, während sie am Kamin saßen und etwas tranken. „Sie soll hängen."

„Wann?" fragte Maris.

„Wer weiß? Überall treiben sich Flieger herum und ich glaube, der Landmann fürchtet sich vor ihnen. Bislang wird sie in seiner Festung gefangengehalten. Er wartet wohl ab, was die Flieger unternehmen wollen. Wenn ich an seiner Stelle wäre, hätte ich sie getötet und das Spektakel hätte ein Ende. Aber ich bin ja kein Landmann."

Als er abfuhr, stand Maris in der Tür und beobachtete den Mann und den übriggebliebenen Hund, wie sie ihren Weg fortsetzten. Evan stellte sich hinter sie und nahm sie in den Arm. „Wie fühlst du dich?"

„Verwirrt", sagte Maris ohne sich umzudrehen. „Ich habe Angst. Euer Landmann hat die Flieger förmlich herausgefordert. Erkennst du den Ernst der Lage, Evan? Sie müssen etwas unternehmen – sie dürfen das nicht einfach hinnehmen." Sie streichelte seine Hand. „Ich würde zu gern wissen, was man sich heute abend auf dem Eyrie erzählt. Ich weiß, daß ich mich nicht in die Fliegerangelegenheiten hineinziehen lassen darf, aber es fällt mir schwer . . ."

„Es sind deine Freunde", sagte Evan. „Deine Betroffenheit ist verständlich."

„Meine Betroffenheit macht alles nur noch schlimmer", sagte Maris. „Denn . . ." sie schüttelte den Kopf und sah ihn an. Noch immer lag sie in seinen Armen. „Es macht mir bewußt, wie klein meine eigenen Probleme sind", sagte sie. „Heute nacht möchte ich nicht an Tyas Stelle sein, obwohl sie immer noch eine Fliegerin ist und ich nicht."

„Gut", sagte Evan. Er küßte sie zärtlich. „Mir ist es auch lieber, dich an meiner Seite zu haben, als Tya."

Maris lächelte ihn an. Sie gingen gemeinsam ins Haus.

Mitten in der Nacht kamen vier Fremde, die wie Fischer gekleidet waren. Sie trugen schwere Stiefel, Pullover und dunkle Mützen, die mit Seekatzenfell besetzt waren. Sie hatten den starken Salzgeruch der See an sich. Drei von ihnen trugen lange Knochenmesser. Ihre Augen hatten die Farbe des Eises eines Wintersees. Der vierte ergriff das Wort. „Du erinnerst dich nicht mehr an mich", sagte er, „aber wir sind uns schon einmal begegnet, Maris. Ich heiße Arrilan vom Gebrochenen Ring."

Maris betrachtete ihn genau und erinnerte sich dann an einen hübschen Jüngling, den sie ein- oder zweimal getroffen hatte. Unter seinem drei Tage alten Bart war das Gesicht nicht gut zu erkennen, aber seine leuchtend blauen Augen kamen ihr bekannt vor. „Ich glaube dir", sagte sie. „Du mußt eine weite Reise hinter dir haben, Flieger. Wo sind deine Flügel? Und deine Manieren?"

Arrilan lächelte humorlos. „Meine Manieren? Entschuldige meine Unhöflichkeit, aber ich bin in Eile und meine Reise ist äußerst riskant. Wir sind von Thrynel herübergekommen, um dich zu sprechen, und das Meer war sehr unruhig. Die Überfahrt auf unserem kleinen Boot war sehr gefährlich. Als dieser alte Mann versuchte, uns wegzuschicken, habe ich die Geduld verloren."

„Wenn du Evan noch einmal einen alten Mann nennst, verliere *ich* die Geduld", sagte Maris kühl. „Warum seid ihr gekommen? Warum seid ihr nicht geflogen?"

„Auf Thrynel sind unsere Flügel in Sicherheit. Wir hielten es für das Beste, heimlich jemanden zu dir zu schicken, jemanden, den man auf Thayos nicht kennt. Da ich von Embers komme und neu bin unter den Fliegern, wurde ich ausgewählt. Meine Eltern waren Fischer, und so wurde ich auch aufgezogen."

Er nahm die Mütze ab und schüttelte sein feines blondes Haar. „Können wir uns setzen?" fragte er. „Wir müssen über wichtige Dinge sprechen."

„Evan?" fragte Maris.

„Setzt euch", sagte Evan. „Ich koche uns einen Tee."

„Ah." Arrilan lächelte. „Das ist sehr freundlich. Die See war kalt. Es tut mir leid, wenn ich unfreundlich war. Aber die Zeiten sind schwer."

„Ja", stimmte Evan zu. Er ging hinaus, um den Kessel mit Wasser zu füllen.

„Warum seid ihr gekommen?" fragte Maris nachdem sich Arrilan und seine Begleiter gesetzt hatten. „Was ist los?"

„Man hat mich geschickt, um dich hier herauszuholen, denn du kannst wohl kaum ein Schiff von Port Thayos nehmen. Du darfst die Insel nicht verlassen. Wir haben ein kleines Fischerboot unweit von hier versteckt. Das wird sicher sein. Falls uns die Landwachen durchsuchen, sind wir nur ein paar einfache Fischer, die der Sturm nach Nordosten getrieben hat.

„Meine Flucht scheint sorgfältig geplant", sagte Maris. „Ein Jammer, daß mich niemand vorher gefragt hat." Sie sah den verwirrt dreinblickenden Flieger an. „Wessen Idee ist das? Wer hat dich geschickt?"

„Val Einflügler."

Maris lächelte. „Natürlich. Wer sonst? Aber warum möchte Val, daß ihr mich aus Thayos herausbringt?"

„Zu deiner Sicherheit", sagte Arrilan. „Da du hier als hilflose Exfliegerin lebst, könnte dein Leben in Gefahr sein."

„Der Landmann hat mich nicht bedroht", sagte Maris. „Er hätte keinen Grund mich . . ."

Der junge Flieger schüttelte heftig den Kopf. „Nicht der Landmann. Die Leute. Weißt du denn nicht, was hier vorgeht?"

„Anscheinend nicht", sagte Maris. „Vielleicht kannst du es mir verraten."

„Die Nachricht von Tyas Gefangenschaft wurde überall in Windhaven verbreitet. Sie drang bis Artellia und den Embers. Viele Landgebundene haben angefangen, ihren Unmut gegenüber den Fliegern zu äußern. Selbst die Landmänner.“ Er errötete. „Die Landfrau des Gebrochenen Ringes ließ mich sofort vorladen, nachdem sie davon gehört hatte, und sie fragte mich, ob *ich* jemals gelogen oder eine Nachricht verändert hätte. Ich wurde gezwungen, ihr meine Loyalität zu schwören. Und selbst, nachdem sie mich befragt hatte, war es offensichtlich, daß sie mir nicht traute. Sie hat mir gedroht! Mit Gefängnis hat sie mir gedroht, als ob sie dazu das Recht hätte ...“ Er schwieg. Es schien, als müßte er seinen Ärger erst einmal herunterschlucken.

„Selbstverständlich bin ich ein Einflügler“, faßte er zusammen. „Wir alle werden jetzt verdächtigt, aber am schlimmsten ist es für die Einflügler. S'wena von Deeth wurde von Rohlingen geschlagen, nachdem sie Tya in einer Kneipe verteidigt hatte. Andere wurden wüst beschimpft oder gemieden. In einigen Städten des Ostens hat man sie sogar angespuckt. Jem, der ein ausgesprochener Traditionalist ist, wurde gestern auf Thrane mit Steinen beworfen. Und Katinns Haus auf Lomarron hat man angezündet, während er unterwegs war.“

„Ich wußte nicht, daß es so schlimm steht“, sagte Maris.

„Ja“, sagte Arrilan, „und es wird noch schlimmer. Auf Thayos wütet das Fieber am ärgsten. Val befürchtet, daß der Mob bald auch zu dir kommt, deshalb hat man uns geschickt, um dich in Sicherheit zu bringen.“

Evan war zurückgekehrt und goß den Tee ein. „Vielleicht solltest du gehen“, sagte er mit ernster Stimme zu Maris. „Es wäre schrecklich, wenn dir etwas passieren würde. Wenn alles vorüber ist, kannst du zurückkommen, oder ich könnte zu dir kommen.“

Maris schüttelte den Kopf. „Ich glaube nicht, daß ich mich in Gefahr befinde. Vielleicht, wenn ich in den Straßen von Port Thayos auf und ab marschieren würde und meine Besorgnis über Tyas Schicksal lauthals zum Ausdruck brächte. Aber hier in den Wäldern bin ich nur eine harmlose alte Exfliegerin, die niemanden wütend stimmt.“

„Der Mob ist nicht vernünftig“, sagte Arrilan. „Du verstehst nicht – du mußt zu deiner eigenen Sicherheit mit uns kommen.“

„Wie nett von Val, daß er so um meine Sicherheit besorgt ist“, sagte Maris und sah Arrilan an. „Und wie ungewöhnlich. In solchen Zeiten müßte Val doch viel zu tun haben. Ich kann mir ihn wirklich nicht vorstellen, wie er sich die Zeit nimmt und sich bemüht, einen Fluchtplan für die arme alte Maris auszuarbeiten, die keine Rettung nötig hat. Wenn Val euch wirklich geschickt hat, um mich zu retten, dann weil er denkt, ich könnte ihm irgendwie nützlich sein."

Arrilan war baß erstaunt. „Er... du irrst dich. Er ist sehr um deine Sicherheit besorgt. Er..."

„Worum macht er sich sonst noch Sorgen? Du solltest mir sagen, wozu er mich wirklich braucht."

Arrilan lächelte kläglich. „Val sagte, du würdest die Sache durchschauen", sagte er. Aus seiner Stimme klang Bewunderung. „Wenn wir erst in Sicherheit gewesen wären, hätte ich dir ohnehin gesagt, worum es geht. Val hat eine Fliegerversammlung einberufen."

Maris nickte. „Wo?"

„Auf Süd Arren. Es liegt zwar in der Nähe, aber es gibt dort zur Zeit keine direkte Feindseligkeit. Val hat dort Freunde. Es dauert sicherlich einen Monat oder mehr, bis sich die Flieger versammelt haben, aber wir haben Zeit. Der Landmann hat Angst, und er wird nichts unternehmen, bis er das Ergebnis der Versammlung sieht."

„Was hat Val vor?"

„Was soll er vorhaben? Er will Sanktionen gegen Thayos beantragen, damit sichergestellt wird, daß man Tya freiläßt. Kein Flieger soll hier oder auf einer anderen Insel, die mit Thayos Handel treibt, landen. Diese Insel soll isoliert werden. Entweder willigt der Landmann ein, oder er wird vernichtet."

„Falls Val sich durchsetzt. Noch sind die Einflügler in der Minderzahl, und Tya ist kein unschuldiges Opfer", machte ihnen Maris klar.

„Tya ist eine Fliegerin", sagte Arrilan und nahm dankbar die Tasse, die ihm Evan reichte. „Val rechnet mit der Loyalität der Flieger. Einflügler oder nicht, sie ist eine Fliegerin, und wir dürfen sie nicht im Stich lassen."

„Da staune ich", sagte Maris.

„Natürlich wird es nicht ohne Kampf ausgehen. Wir fürchten, daß Corm und einige andere versuchen werden, diesen Vorfall auszunutzen, um alle Einflügler schlecht zu machen und die Akademien zu schließen." Er lächelte über den Rand seiner Tasse hinweg. „Du hast bisher nichts unternommen. Val sagte, du hättest dir einen schlechten Zeitpunkt für deinen Sturz ausgesucht."

„Ich hatte keine Wahl“, sagte Maris. „Aber bisher hast du noch nicht gesagt, warum du zu mir gekommen bist.“

„Val möchte, daß du den Vorsitz übernimmst.“

„Was?“

„Es ist Brauch, daß ein ehemaliger Flieger die Versammlung leitet, wie du weißt. Val denkt, du wärst dazu bestens geeignet. Man kennt und respektiert dich überall. Sowohl unter den Einflüglern, als auch unter den geborenen Fliegern, von daher würden dich alle akzeptieren. Jeden anderen Einflügler würden sie sicherlich ablehnen. Wir brauchen jemanden, auf den wir uns verlassen können, keinen verknöcherten Veteranen, der alles beim alten belassen will. Val meint, das wäre sehr wichtig.“

„So ist es“, sagte Maris. Sie erinnerte sich an die Schlüsselposition, die ein alter Flieger namens Jamis der Senior in ihrer eigenen Versammlung eingenommen hatte. „Aber Val muß jemand anderen finden. Ich habe nichts mehr mit der Fliegerei und den Fliegerversammlungen zu tun. Ich möchte in Frieden gelassen werden.“

„Es kann keinen Frieden geben, bis wir gewonnen haben.“

„Ich bin kein Spielstein auf Vals Geechibrett, und je eher er das begreift, desto besser! Val weiß was es für mich bedeutet, worum er mich bittet. Wie *kann* er es wagen? Er hat dich mit einem Trick zu mir geschickt, du solltest mir etwas von Sicherheit vorlügen, weil er wußte, daß ich mich weigern würde. Ich kann es nicht ertragen, einen Flieger zu sehen, denkst du, ich möchte mit Tausenden von ihnen zusammen sein und zusehen, wie sie am Himmel spielen, ihre Geschichten hören und schließlich doch allein als alter Krüppel dastehen und sie wegfliegen und mich verlassen sehen? Glaubst du, das würde mir gefallen?“ Plötzlich merkte sie, daß sie ihn angeschrien hatte. Der Schmerz schnürte ihr den Magen zusammen.

Arrilans Stimme klang mürrisch. „Ich kenne dich ja kaum, wie sollte ich wissen, wie du dich fühlst? Es tut mir leid. Ich glaube, auch Val bedauert das. Aber das nützt nichts. Diese Sache ist wichtiger als deine Gefühle. Alles hängt von dieser Versammlung ab, und Val möchte, daß du dort erscheinst.“

„Sag Val, daß es mir leid tut“, sagte Maris ruhig. „Sag ihm, ich wünsche ihm Glück, aber ich werde nicht kommen. Ich bin alt und müde und möchte allein sein.“

Arrilan stand auf. Seine Augen waren kalt wie Eis. „Ich habe Val versprochen, ihn nicht zu enttäuschen“, sagte er. „Wir sind vier gegen einen.“ Er machte eine Handbewegung, und die Frau auf seiner rechten Seite zog ein Messer heraus. Sie grinste, und Maris konnte erkennen, daß ihre Zähne aus Holz waren. Auch der Mann hinter ihr stand auf und hielt ein Messer in der Hand.

„Raus mit euch!“ sagte Evan. Er stand neben der Tür zu seinem Arbeitszimmer und hielt einen Bogen, den er für die Jagd benötigte, in der Hand. Ein Pfeil war eingelegt und fertig zum Schuß.

„Damit würdest du höchstens einen von uns treffen“, sagte die Frau mit den Holzzähnen. „Wenn du Glück hast. Aber dir bleibt nicht die Zeit für einen weiteren Pfeil, alter Mann.“

„Das ist wahr“, sagte Evan. „Aber die Spitze dieses Pfeiles ist mit einem Gift getränkt. Einer von euch würde sterben.“

„Steckt die Messer weg“, sagte Arrilan. „Bitte leg den Bogen weg. Niemand soll sterben.“ Er sah Maris an.

Sie sagte: „Hast du wirklich geglaubt, du könntest mich *zwingen* den Vorsitz der Versammlung zu übernehmen?“ Sie klang sehr verärgert. „Du kannst Val ausrichten, falls seine Strategie so gut ist wie deine, sind die Einflügler am Ende.“

Arrilan sah seine Begleiter an. „Laßt uns allein“, sagte er. „Wartet draußen.“ Zögernd gingen die drei zur Tür. „Keine weiteren Drohungen“, sagte Arrilan. „Es tut mir leid, Maris. Vielleicht begreifst du jetzt, wie verzweifelt ich bin. Wir *brauchen* dich.“

„Vielleicht braucht ihr die Fliegerin, die ich einmal war, aber die ist bei dem Absturz gestorben. Laß mich allein. Ich bin nur eine alte Frau, die Assistentin eines Heilers und das ist alles, was ich sein will. Hör auf, mir weh zu tun, indem du mich in die Welt zurückziehst.“

Verachtung spiegelte sich in Arrilans Gesicht wider. „Wenn ich daran denke, daß sie einen Feigling wie dich besingen“, sagte er.

Nachdem er gegangen war, wandte sich Maris an Evan. Sie zitterte und ihr Kopf fühlte sich leer und verwirrt an.

Der Heiler legte seinen großen Bogen beiseite. Er zog eine Grimasse. „Tot?“ fragte er verbittert. „Du warst die ganze Zeit tot? Ich dachte du hättest gelernt wieder zu leben, aber die ganze Zeit war mein Bett nichts als ein Grab für dich.“

„O nein, Evan“, sagte sie enttäuscht. Sie wollte Ruhe und keine weiteren Angriffe.

„Das sind deine Worte“, sagte er. „Glaubst du immer noch, daß dein Leben mit dem Absturz endete?“ Sein Gesicht verzog sich vor Schmerz und Wut. „Ich könnte keine Leiche lieben.“

„Oh, Evan.“ Sie setzte sich, denn sie konnte sich nicht länger auf den Beinen halten. „Ich wollte nicht . . . ich wollte nur sagen, daß ich für die Flieger tot bin, oder sie für mich. Dieser Teil meines Lebens ist zu Ende.“

„So einfach ist das nicht“, sagte Evan. „Wenn du einen Teil deines Selbst tötest, riskierst du, daß alles stirbt. Es ist wie das, was dein Bruder, beziehungsweise was Barrion sagte, über das Ändern einer Note im Lied.“

„Ich weiß unser Zusammenleben zu schätzen, Evan“, sagte Maris. „Bitte, glaube mir. Nur dieser Arrilan und Vals verdammte Versammlung haben alles wieder aufgewühlt. Ich wurde an alles erinnert, was ich verloren habe. Es hat so weh getan.“

„Es hat dein Selbstmitleid geweckt“, sagte Evan.

Ärger stieg in ihr auf. Konnte er sie nicht verstehen? Konnte ein Landgebundener überhaupt verstehen was sie verloren hatte? „Ja“, sagte sie mit kalter Stimme, „ich habe mich bedauert. Ist das nicht mein gutes Recht?“

„Die Zeit des Selbstmitleides ist längst vorbei. Du mußt dich mit deiner jetzigen Situation abfinden, Maris.“

„Das werde ich. Das habe ich. Ich habe gelernt zu vergessen. Aber wenn man mich in diese Fliegerangelegenheit hineinzieht, wird alles zerstört. Es würde mich verrückt machen. Kannst du das nicht verstehen?“

„Ich sehe eine Frau, die alles verleugnet, was sie einmal war“, sagte Evan. Er wollte noch etwas sagen, aber ein Geräusch ließ beide aufschauen. Bari stand in der Tür. Sie sah verängstigt aus.

Evan machte ein freundliches Gesicht, ging zu ihr und nahm sie auf den Arm. „Wir hatten Besuch“, sagte er und küßte sie.

„Da wir eh alle wach sind, soll ich Frühstück machen?“ fragte Maris.

Bari grinste und nickte. Evans Gesicht zeigte keine Reaktion. Maris drehte sich um und machte sich an die Arbeit. Sie wollte vergessen.

In den folgenden Wochen sprachen sie nur selten über Tya und die Fliegerversammlung, aber sie wurden regelmäßig mit Neuigkeiten versorgt, ohne darum zu bitten. Ein Ausrufer auf dem Dorfplatz von Thossi, die Ladenbesitzer und Reisenden, die Evan aufsuchten, damit er sie heilte oder ihnen einen Rat gab, sprachen vom Krieg, von den Fliegern und von dem kriegerischen Landmann.

Maris wußte, daß sich die Flieger von Windhaven auf Süd Arren versammelten. Die Landgebundenen dieser kleinen Insel würden jene Tage nie mehr vergessen, ebensowenig, wie die Bewohner von Groß und Klein Amberly die letzte Versammlung vergessen hatten. Über den Straßen von South Port und Arrenton, beides kleine staubige Städte, würde jetzt eine festliche Atmosphäre liegen. Weinhändler, Bäcker, Würstchenverkäufer und Händler würden von dem halben Dutzend nahe gelegenen Inseln in untauglichen Booten über die gefährliche See herbeieilen, um mit den Fliegern Geschäfte zu machen. Die Kneipen und Gasthäuser würden voll sein, überall würden Flieger sein, ganze Schwärme von ihnen würden die kleinen Städte überfluten. Maris sah sie in ihren Gedanken: die Flieger von Groß Shotan mit ihren dunkelroten Uniformen; kühle, blasse Artellianer mit silbernen Kronen über ihren Brauen, Priester des Himmelsgottes aus dem Süden, Flieger von den Äußeren Inseln und Ember, die seit Jahren niemand mehr gesehen hatte. Alte Freunde würden sich umarmen und nächtelang Geschichten erzählen. Ehemalige Liebende, die sich flüchtig anlächelten und auf ihre Art die Stunden der Dunkelheit verbrachten. Sänger und Geschichtenerzähler würden alte Weisen erzählen und aus der Situation heraus neue erdichten. Die Luft würde voll sein von Gerüchten, Prahlereien und Liedern. Sie würde nach Gewürzwein und gebratenem Fleisch duften.

All ihre Freunde würden da sein, dachte Maris. In ihren Träumen sah sie junge Flieger und alte, Einflügler und geborene Flieger, stolze und schüchterne, jene, die Probleme verursachten und die Nachgiebigen. Sie alle würden sich versammeln, und der Schein ihrer Flügel und ihr Lachen würde Süd Arren füllen.

Und sie würden *fliegen.*

Maris versuchte, nicht daran zu denken, aber die Gedanken kamen unbemerkt, und in ihren Träumen flog sie mit ihnen. Während sie schlief konnte sie den Wind spüren, der sie mit seinen vertrauten, zärtlichen Fingern zur Ekstase trieb. Um sie herum sah sie ihre Flügel. Hunderte von ihnen hoben sich helleuchtend gegen den dunkelblauen Himmel ab. Anmutig und ruhig zogen sie ihre großen Kreise. Ihre eigenen Flügel fingen das Licht der Sonne ein.

Sie glänzten und schillerten: ein tonloser Schrei der Freude. Sie sah wie sich die Flügel bei Sonnenuntergang blutrot gegen den orangeroten Himmel abhoben, dann nahmen sie einen Blauton an, und schimmerten wieder silbern, wenn das letzte Licht verschwunden war und nur die Sterne leuchteten.

Sie erinnerte sich an den Geschmack des Regens, an das Grollen fernen Donners, an den Anblick der See in der Morgendämmerung, kurz bevor die Sonne aufging. Sie erinnerte sich an das Gefühl, wenn sie rannte und von der Fliegerklippe sprang und daran, wie sie Wind und Flügel beherrschte, um sich in der Luft zu halten.

Manchmal zitterte sie nachts und schrie laut auf, dann nahm Evan sie in den Arm und flüsterte ihr sanfte Versprechungen ins Ohr, aber Maris erzählte ihm nichts von ihren Träumen. Da er nie ein Flieger gewesen war und nie einer Fliegerversammlung beigewohnt hatte, hätte er sie nicht verstanden.

Die Zeit verging. Kranke kamen zu Evan, oder er ging zu ihnen. Sie starben oder wurden gesund. Maris und Bari arbeiteten an seiner Seite. Sie taten was sie konnten. Aber Maris bemerkte, daß sie mit ihren Gedanken oft nicht bei der Sache war. Einmal hatte Evan sie in den Wald geschickt, damit sie Süßlied, eine Kräuterpflanze, die Evan zur Herstellung von Tesis brauchte, sammeln sollte. Aber Maris merkte, daß sie nur über die Fliegerversammlung nachdachte, während sie durch den kühlen, feuchten Wald spazierte. Jetzt müßte die Versammlung eröffnet sein, dachte sie, und in ihrem Kopf hörte sie die Reden, die Val, Corm und andere hielten. Sie wog die Argumente ab oder stellte ihnen andere entgegen. Sie dachte darüber nach, wohin das alles führte und wen sie wohl als Vorsitzenden gewählt hatten. Als sie sich schließlich auf den Heimweg machte, trug sie einen Korb, der mit Lügenkraut gefüllt war. Dieses Gewächs sah zwar dem Süßlied recht ähnlich, hatte aber überhaupt keine heilende Wirkung. Evan nahm den Korb und stöhnte laut, während er den Kopf schüttelte. „Maris, Maris“, schimpfte er, „was soll ich nur mit dir machen?“ Er wandte sich an Bari. „Meine Kleine“, sagte er, „geh und hole etwas Süßlied, bevor es zu dunkel wird. Deine Tante fühlt sich nicht sehr wohl.“

Maris konnte ihm nur zustimmen.

Dann kam Coll eines Tages zurück. Sechs Wochen nachdem er sie verlassen hatte, schlenderte er die Straße entlang, die Gitarre über seinen Schultern. Er war nicht allein. S'Rella begleitete ihn. Sie trug immer noch ihre Flügel und taumelte, als wäre sie im Halbschlaf.

Ihre Gesichter waren grau und verzerrt.

Als Bari sie kommen sah, schrie sie vor Freude und lief ihrem Vater entgegen, um ihn zu umarmen. Maris wandte sich an S'Rella.

„S'Rella, fühlst du dich nicht wohl? Wie ist die Versammlung gelaufen?"

S'Rella begann zu weinen.

Maris ging auf sie zu und nahm ihre alte Freundin in den Arm. S'Rella zitterte. Zweimal versuchte sie zu sprechen, aber sie brachte nur ein Schluchzen hervor.

„Ist schon gut, S'Rella", sagte Maris hilflos. „Es ist schon gut, ich bin ja hier." Sie sah Coll an.

„Bari", sagte Coll mit zitternder Stimme. „Geh und suche Evan und bring ihn zu uns."

Bari warf S'Rella einen besorgten Blick zu und rannte gehorsam los.

„Ich war in der Festung des Landmannes", sagte Coll, nachdem seine Tochter gegangen war. „Er hat in Erfahrung gebracht, daß ich dein Bruder bin und ließ mich einsperren, bis die Versammlung vorüber war. S'Rella kam erst nach der Versammlung. Die Landwachen haben sie gefangengenommen und ebenfalls zur Festung gebracht. Er hatte auch andere Flieger eingesperrt. Jem, Ligar von Thrane und Katinn von Lomarron, ein armes Kind aus dem Westen. Außer den Fliegern und mir waren noch vier Sänger, einige Geschichtenerzähler und natürlich die Ausrufer des Landmannes und seine Läufer dort. Er möchte, daß alles bekannt wird. Er möchte, daß jeder von seinen Taten erfährt. Wir waren seine Zeugen. Die Landwachen führten uns in den Hof und zwangen uns, alles mitanzusehen."

„Nein", sagte Maris und drückte S'Rella an sich. „Nein, Coll, das hat er nicht gewagt. Das konnte er nicht tun."

„Gestern bei Sonnenuntergang wurde Tya von Thayos gehängt", sagte Coll unverblümt, „und nichts ändert sich dadurch. Ich habe es gesehen. Sie versuchte eine Rede zu halten, aber der Landmann hat es ihr nicht gestattet. Die Schlinge war nicht richtig verknotet, deshalb brach ihr Genick nicht beim Sturz, sondern sie wurde langsam stranguliert."

S'Rella entzog sich der Umarmung. „Du hattest Glück", brachte sie endlich heraus. „Er hätte ... nach dir schicken können. Oh, Maris. Ich konnte nicht wegsehen ... ich ... es war schrecklich. Sie durfte nicht einmal ... sie ... ihre letzten Worte. Und das schlimmste ..." Ihre Stimme versagte.

Evan und Bari kamen, aber Maris nahm weder ihre Schritte noch Evans Begrüßung wahr. Ein Gefühl der Kälte hatte sie ergriffen. Das gleiche Gefühl der Gelähmtheit, das sie empfunden hatte, als Russ gestorben war und als Halland im Meer ertrank. „Wie konnte er das wagen?" sagte sie langsam. „Hat niemand etwas dagegen unternommen? Hat ihn niemand daran gehindert?"

„Viele Offiziere der Landwachen haben ihn gewarnt, besonders ein Offizier höheren Ranges – ich glaube er befehligt seine Leibwache. Er hat nicht darauf gehört. Die Landwachen, die uns geführt haben, hatten offensichtlich Angst. Einige wandten ihre Augen ab, als sich das schreckliche Schauspiel vollzog. Aber schließlich gehorchten sie. Denn sie sind Landwachen, und er ist ihr Landmann."

„Aber die Versammlung", sagte Maris. „Warum hat die Versammlung nicht ... was ist mit Val und den Fliegern?"

„Die Versammlung", sagte S'Rella voller Verbitterung, „die Versammlung hat sie geächtet und ihr die Flügel weggenommen." Wut hatte ihre Tränen getrocknet. „Die Versammlung gab ihm die Erlaubnis dazu."

„Jeder sollte wissen, daß er eine Fliegerin hängt", sagte Coll, „der Landmann ließ ihr die Flügel anlegen. Gefaltet natürlich, aber eine unmißverständliche Geste. Er hat sie verspottet, indem er ihr riet die Flügel zu gebrauchen, um *diesen* Sturz abzufangen und wegzufliegen."

Später, nach einigen Tassen von Evans Spezialtee und Platten mit Brot und Wurst, hatte S'Rella ihre Ruhe wiedergefunden und erzählte Maris und Evan die ganze Geschichte der schrecklichen Versammlung, während Coll mit seiner Tochter einen Spaziergang unternahm.

Es war eine einfache Geschichte. Val Einflügler, der die fünfte Fliegerversammlung in der Geschichte von Windhaven einberufen hatte, hatte die Kontrolle darüber verloren. Tatsächlich hatte er die Kontrolle nie *gehabt.* Seine Einflügler und ihre Verbündeten machten kaum ein Viertel der Anwesenden aus. Die drei Ehrenmitglieder waren die Landmänner von Nord und Süd Arren und der ehemalige Flieger Kolmi von Thar Kril, der den Vorsitz übernommen hatte. Alle drei unsympathische Typen. Als die Versammlung gerade begonnen hatte, wurden wütende Stimmen laut, die Tya und ihr Verbrechen verurteilten. Darunter auch die Stimme von Kolmi. „Dieses landgebundene Mädchen hat nie verstanden was es heißt, eine Fliegerin zu sein“, zitierte S'Rella Kolmis Äußerungen. Andere hatten ihm beigepflichtet. Jemand sagte, man hätte ihr nie die Flügel geben dürfen. Andere behaupteten, daß sie nicht nur ihrem Landmann gegenüber ein Verbrechen verübt hätte, sondern auch ihren Fliegerkollegen gegenüber. Sie hat das ehrwürdige Vertrauen, das man in sie setzte, verletzt und alle Flieger in Mißkredit gebracht, fügte ein dritter hinzu.

„Katinn von Lomarron versuchte, sie zu verteidigen“, erzählte S'Rella ihnen, „aber er wurde niedergebrüllt. Katinn wurde wütend und beschimpfte sie alle. Wie Tya hat er viele Kriege gesehen. Einige von Tyas Freunden haben sie ebenfalls verteidigt, oder sie versuchten ihre Handlungsweise zu erklären. Aber niemand hat ihnen zugehört. Als Val sich erhob, um seinen Vorschlag durchzubringen, dachte ich einen Moment lang, er hätte eine Chance. Er war sehr gut. Ruhig und vernünftig, ganz anders, als er sich gewöhnlich verhält. Er beruhigte sie, indem er zugab, daß Tya ein schwerwiegendes Verbrechen begangen hatte, fuhr dann aber fort, die Flieger darauf hinzuweisen, daß sie sie trotzdem verteidigen müßten, und daß wir es nicht zulassen dürften, daß der Landmann sie auf seine Art bestraft, denn wir seien mit Tyas Schicksal verbunden. Es war eine sehr gute Rede. Wenn jemand anders sie gehalten hätte, hätten sie sich wahrscheinlich überzeugen lassen, aber Val hielt sie, und er war von Feinden umgeben. Viele der älteren Flieger hassen ihn immer noch.

Val schlug der Versammlung vor, man möge Tya für fünf Jahre die Flügel abnehmen, danach sollte sie versuchen, sie im Wettkampf wiederzuerlangen. Außerdem bestand er darauf, daß nur Flieger einen Flieger verurteilen sollten, was beinhaltete, daß Tya befreit und Thayos mit Sanktionen belegt werden sollte.

Er hatte die Zuhörer schon so weit, daß sie seinem Vorschlag zustimmten, aber es funktionierte nicht. Kolmi hat uns nicht das Wort erteilt. Wir erhielten nicht die Gelegenheit, uns zu äußern. Die Versammlung dauerte fast einen ganzen Tag, und kaum ein Dutzend Einflügler durften ihre Meinung darstellen. Kolmi ließ uns nicht zu Worte kommen.

Nachdem Val gesprochen hatte, erteilte er einer Frau aus Lomarron das Wort. Sie sprach darüber, wie Vals Vater als Mörder gehängt worden war und darüber, wie Val Ari in den Selbstmord getrieben hatte, indem er ihr die Flügel genommen hatte. ‚Kein Wunder, daß er uns dazu bringen will, diese Kriminelle zu verteidigen‘, sagte sie. Ähnliche Beiträge folgten. Man sprach über Verbrechen und über Einflügler, die nicht verstanden, was es hieß, ein Flieger zu sein. In diesem Chaos ging Vals Vorschlag unter.

Dann machten einige ältere Flieger den Vorschlag, die Akademien zu schließen. Aber das stieß auf wenig Zustimmung. Corm sprach sich dafür aus, aber seine eigene Tochter widersprach ihm. Das setzte ein Zeichen. Die Artellianer und einige ehemalige Flieger waren dafür. Es gelang ihnen, eine Abstimmung durchzusetzen. Aber weniger als ein Fünftel der Versammlung entschied sich für ihren Vorschlag. Die Akademien sind gerettet."

„Dafür muß man dankbar sein", sagte Maris.

S'Rella nickte. „Dann sprach Dorrel. Du weißt, wie sehr er geachtet wird. Er hielt eine äußerst anspruchsvolle Rede. Zunächst sprach er über Tyas idealistische Motive und über seine Sympathie ihr und ihrer Tat gegenüber. Aber dann sagte er, Sympathie und Gefühle dürften eine solche Entscheidung nicht beeinflussen. Tyas Verbrechen hätte die Seele der Fliegergesellschaft getroffen, sagte Dorrel. Wenn der Landmann sich nicht auf die Flieger verlassen könnte und nicht sicher sein könnte, daß seine Botschaften wahrheitsgemäß und unparteiisch in ferne Länder übermittelt wurden, wozu wären wir dann gut? Was würde geschehen, wenn sie uns nicht mehr brauchten? Wie lange würde es dauern, bis sie uns die Flügel gewaltsam wegnähmen und sie ihren eigenen Leuten gaben? Wir könnten nicht gegen die Landwachen kämpfen, sagte er. Wir müßten das Vertrauen, das wir verloren haben, wiedergewinnen. Und das ginge nur, wenn wir Tya ächteten und ihre wohlgemeinten Absichten außer acht ließen. Wir müßten sie ihrem Schicksal überlassen, unabhängig davon, wie sehr wir sie mochten. Wenn wir Tya *auf irgendeine Art* verteidigten, sagte Dorrel, würden die Landgebundenen das mißverstehen und denken, wir würden ihr Verbrechen gutheißen. Wir müßten uns klar entscheiden."

Maris nickte. „In vielem hat er recht", sagte sie, „auch wenn die Folgen schrecklich sind. Seine Argumente sind überzeugend."

„Andere schlossen sich seiner Meinung an. Tera-kul von Yethien, der alte Arris von Artellia, eine Frau von den Äußeren Inseln, Jona von Culhall, Talbot von Groß Shotan. Allesamt hochgeachtete Führer. Sie alle unterstützten Dorrel. Val schäumte vor Wut, und Katinn und Athen schrien, weil sie nicht zu Wort kamen, aber Kolmi übersah sie weiterhin. Die Diskussion zog sich über Stunden hin. Dann wurde innerhalb einer Minute Vals Vorschlag aufgegriffen und per Abstimmung abgelehnt. Tya wurde geächtet und der Gnade des Landmannes ausgeliefert. Wir haben dem Landmann nicht geraten, sie zu hängen. Jirel von Skulny ging sogar so weit, ihn zu bitten, es *nicht* zu tun. Aber das war lediglich eine Bitte."

„Unser Landmann geht nur selten auf Bitten ein", sagte Evan.

„Dann bin ich gegangen", fuhr S'Rella fort. „Alle Einflügler haben die Versammlung verlassen."

„Verlassen?"

S'Rella nickte. „Nach der Abstimmung erhob sich Val von seinem Stuhl, und sein Blick ... Ich war froh, daß er keine Waffe hatte, sonst hätte er womöglich jemanden getötet. Stattdessen beschimpfte er sie. Er nannte sie Narren, Feiglinge und schlimmeres. Dann folgten Zwischenrufe, man verfluchte und bedrohte ihn. Val rief seine Freunde auf, die Versammlung zu verlassen. Damen und ich mußten uns unseren Weg zur Tür bahnen, denn die Flieger – viele von ihnen kenne ich seit Jahren – verspotteten und beschimpften uns. Es war schrecklich, Maris. Die Wut, die dort herrschte ..."

„Aber ihr seid trotzdem herausgekommen."

„Ja. Dann sind wir, fast alle Einflügler, nach Nord Arren geflogen. Val führte uns zu einem riesigen alten Schlachtfeld. Er stand oben auf der Ruine einer Festung und sprach zu uns. Dort hielten wir unsere eigene Versammlung ab. Ein Viertel aller Flieger von Windhaven war anwesend. *Wir* beschlossen, selbst wenn die anderen nicht mitzögen, eigene Sanktionen über Thayos zu verhängen. Aus diesem Grund hat mich Katinn begleitet. Wir beide sollten es dem Landmann mitteilen. Man hatte ihn bereits von der anderen Entscheidung in Kenntnis gesetzt, aber Katinn und ich wollten ihn mit der Drohung der Einflügler konfrontieren." Sie lachte höhnisch. „Er hörte uns kaltlächelnd zu. Als wir fertig waren, sagte er, daß wir alle unwürdige Flieger wären und daß man ihm keine größere Freude machen könnte, als ihm zu sagen, daß kein Einflügler mehr auf Thayos landet. Er versprach uns, uns zu zeigen, was er von uns, Val und allen anderen Einflüglern hielt.

Und das zeigte er uns. Bei Sonnenuntergang kamen seine Landwachen und führten uns in den Hof. Dort zeigte er es uns." Sie wurde blaß. Die Schilderung der Ereignisse hatte die Wunden wieder aufgerissen.

„Oh, S'Rella", sagte Maris besorgt. Sie streckte den Arm aus, um die Hand ihrer Freundin zu halten, aber als sie S'Rella berührte, zitterte sie und begann zu weinen.

Maris konnte nicht einschlafen. Ruhelos drehte sie sich von einer Seite auf die andere. Ihre Träume waren schaurig und düster. Alptraumhafte Flüge endeten stets mit der Schlinge.

Viele Stunden vor Sonnenaufgang, es war noch dunkel, wachte sie durch den Klang von Musik auf.

Neben ihr schlief Evan und schnarchte ruhig in seinen Federkissen. Maris stand auf, zog sich an und verließ das Schlafzimmer. Bari lag ruhig in ihrem Bett. Sie schlief den Schlaf eines unschuldigen Kindes, das frei war von der Last, die auf den anderen ruhte. Auch S'Rella schlief noch.

Colls Zimmer war leer.

Maris folgte dem leisen Klang der Musik. Sie fand ihn draußen an eine Hauswand gelehnt sitzen. Die ruhige Melancholie seiner Gitarre füllte die kühle Luft vor der Dämmerung.

Maris setzte sich neben ihn ins feuchte Gras. „Arbeitest du an einem Lied?"

„Ja", sagte Coll. Seine Finger glitten bedächtig über die Saiten. „Woher weißt du das?"

„Ich erinnere mich", sagte Maris. „Als wir jung waren, bist du auch immer mitten in der Nacht aufgestanden und nach draußen gegangen, um in aller Heimlichkeit zu arbeiten."

Coll schlug noch einen traurigen Schlußakkord, bevor er die Gitarre wegstellte. „Ich bin ein Gewohnheitsmensch", sagte er.

„Ich habe keine andere Wahl. Die Worte schwirrten in meinem Kopf herum und ließen mich nicht schlafen."

„Ist es fertig?"

„Nein. Ich möchte es ‚Tyas Sturz' nennen. Den Text habe ich fast zusammen, aber die Melodie fehlt noch. Ich kann es fast schon hören, aber es klingt jedesmal anders. Manchmal ist es dunkel und tragisch, ein langsames, trauriges Lied, wie die Ballade von Aron und Jeni. Andererseits bin ich der Meinung, es sollte schnell sein. Es sollte pulsieren wie das Blut eines wütenden Mannes, es sollte brennen, verletzen und dröhnen. Was meinst du dazu, große Schwester? Wie soll ich es machen? Was empfindest du, wenn du an Tya denkst? Wut oder Trauer?"

„Beides", sagte Maris. „Das nützt dir zwar nichts, aber so empfinde ich. Beides und mehr. Ich fühle mich schuldig, Coll."

Sie erzählte ihm von Arrilan und seinen Begleitern und dem Angebot, das sie ihr unterbreitet hatten. Coll hörte ihr aufmerksam zu. Als sie aufhörte zu sprechen, nahm er ihre Hand. Seine Finger waren von Schwielen übersät, aber sie waren warm und zärtlich. „Das habe ich nicht gewußt", sagte er. „S'Rella hat nichts davon erzählt."

„Ich glaube nicht, daß S'Rella davon weiß", sagte Maris. „Wahrscheinlich hat Val Arrilan verboten, über meine Weigerung zu sprechen. Was sie auch über ihn sagen, Val Einflügler hat ein gutes Herz."

„Dein Schuldgefühl ist Unsinn", sagte Coll zu ihr. „Selbst wenn du hingegangen wärst, hätte es wahrscheinlich nichts geändert. Eine Person mehr oder weniger ändert nichts. Die Versammlung hätte so oder so das Urteil gefällt und Tya zum Hängen verurteilt. Du solltest dich nicht mit etwas quälen, das du nicht verhindern konntest."

„Vielleicht hast du recht", sagte Maris. „Aber ich hätte es versuchen müssen, Coll. Vielleicht hätten sie auf mich gehört. Dorrel und seine Freunde, die Gruppe aus Sturmstadt, Corina, sogar Corm. Sie alle kennen mich. Val konnte sie nicht überzeugen. Aber mir hätte es gelingen können, die Flieger zu vereinen, wenn ich den Vorsitz übernommen hätte, worum mich Val gebeten hatte."

„Reine Spekulation", sagte Coll. „Du quälst dich ganz unnötig."

„Vielleicht ist es an der Zeit, mich zu quälen", sagte Maris. „Ich hatte Angst, daß man mir weh tun würde, deshalb bin ich nicht mit Arrilan gegangen, als er mich darum bat. Ich *war* feige.“

„Du kannst nicht die Verantwortung für alle Flieger von Windhaven übernehmen, Maris. Du mußt zuerst an dich und deine Bedürfnisse denken.“

Maris lächelte. „Vor langer Zeit habe ich nur an mich gedacht und dadurch die ganze Welt so verändert, wie es mir gefiel. Ich habe mir eingeredet, daß ich es für die Allgemeinheit tat, aber du und ich, wir wissen es besser. Barrion hatte recht, Coll. Ich war naiv. Ich hatte keine Ahnung, wo das alles hinführen würde. Ich wollte nur fliegen.

Ich hätte gehen müssen, Coll. Das war meine Pflicht. Aber ich habe nur an *meinen* Schmerz und *mein* Leben gedacht, als ich mich um größere Dinge hätte kümmern müssen.

Tyas Blut klebt an meinen Händen.“ Sie hielt eine Hand hoch.

Coll ergriff sie und drückte sie. „Unsinn. Alles, was ich sehe, ist meine Schwester, die sich für nichts und wieder nichts selbst zerfleischt. Tya ist tot. Es gibt nichts, was du hättest tun können, und selbst wenn es etwas gegeben hätte, so ist es jetzt zu spät. Es ist vorbei. Belaste dich niemals mit der Vergangenheit, hat Barrion einmal zu mir gesagt. Laß deinen Schmerz in ein Lied einfließen und teile ihn der Welt mit.“

„Ich kann kein Lied schreiben“, sagte Maris. „Ich kann nicht fliegen. Ich wollte mich nützlich machen, aber als man mich brauchte, habe ich den Menschen den Rücken gekehrt und so getan, als sei ich eine Heilerin. Ich bin keine Heilerin und ich bin keine Fliegerin.“

„Maris . . .“

„So ist es“, sagte sie. „Maris von Klein Amberly, das Mädchen, das einst die Welt veränderte.

Wenn es mir einmal gelungen ist, könnte ich es vielleicht ein zweites Mal schaffen. Wenigstens kann ich es versuchen.“ Sie stand unvermittelt auf.

„Tya ist tot“, sagte Coll. Er nahm seine Gitarre und stellte sich vor seine Stiefschwester. „Die Versammlung hat sich aufgelöst. Es ist vorbei, Maris.“

„Nein“, sagte sie. „Das kann ich nicht akzeptieren. Es ist nicht vorbei. Es ist noch nicht zu spät, um das Ende von Tyas Lied zu ändern.“

Unter ihrer sanften Berührung wachte Evan schlagartig auf, setzte sich hin und war für jeglichen Notfall bereit.

„Evan“, sagte Maris, die neben ihm saß. „Jetzt weiß ich, was ich tun muß. Du sollst es als erster erfahren.“

Er strich sich mit der Hand über den Kopf und durchfuhr sein Haar mit den Fingern. „Was ist los?“

„Ich . . . ich lebe, Evan. Ich kann nicht fliegen, aber ich bin doch dieselbe.“

„Tut gut, das zu hören. Ich weiß, daß du es ernst meinst.“

„Und ich bin keine Heilerin. Ich werde nie eine sein.“

„Du hast etwas herausgefunden, nicht wahr? Während ich schlief? Ja . . . Ich hatte so eine Ahnung, aber ich konnte es dir nicht sagen. Du wolltest es nicht wahrhaben.“

„Natürlich wollte ich das nicht. Ich dachte, ich hätte keine andere Wahl. Was sollte ich tun? Schmerz, Erinnerungen, Schmerz und Nutzlosigkeit. Nun, ich habe immer noch Schmerzen und die Erinnerung, aber ich muß nicht länger nutzlos sein. Ich muß lernen, mit den Schmerzen zu leben, ich kann sie akzeptieren oder ignorieren, weil es Dinge gibt, die ich tun muß. Tya ist tot und die Flieger sind am Ende, aber es gibt Dinge, die nur ich tun kann, um alles wieder in Ordnung zu bringen. Deshalb . . .“ Sie biß sich auf die Lippe und konnte seinem Anblick nicht standhalten. „Ich liebe dich Evan, aber ich muß dich verlassen.“

„Warte.“ Er streichelte ihre Wange. Sie sah ihm in die Augen. Dabei dachte sie daran, wie sie zum erstenmal in seine tiefblauen Augen gesehen hatte. Plötzlich fühlte sie sich stark. „Dann erkläre mir jetzt“, sagte er, „warum du mich verlassen mußt.“

Sie machte eine hilflose Geste. „Weil ich . . . hier nutzlos bin. Ich gehöre nicht hierher.“

Er keuchte – vielleicht war es ein Seufzer oder ein unterdrücktes Lachen, Maris wußte es nicht.

„Denkst du, ich liebe dich als meine Gehilfin, als Heilerin Maris? Warst du mir eine große Hilfe? Als Heilerin hast du meine Geduld auf die Probe gestellt. Ich liebe dich als Frau. Ich liebe dich, so wie du bist. Nun weißt du, wer du bist, und wer du die ganze Zeit warst. Und deshalb mußt du mich verlassen?“

„Ich muß etwas erledigen“, sagte sie.

„Ich kenne mein Schicksal nicht. Vielleicht scheitere ich. Für dich könnte es gefährlich werden, wenn du mich begleitest. Du könntest Renis Schicksal teilen. Ich möchte dein Leben nicht aufs Spiel setzen."

„*Du* kannst mein Leben nicht aufs Spiel setzen", sagte er ernst. „Das tue ich selbst." Er nahm ihre Hand und hielt sie fest. „Vielleicht kann ich dir helfen. Laß es mich versuchen. Ich möchte deine Sorgen teilen und sie für dich verringern. Weißt du, ich kann noch etwas mehr, als deinen Freunden Tee kochen."

„Aber das brauchst du nicht", sagte Maris. „Du sollst dein Leben nicht für nichts riskieren. Das ist nicht dein Kampf."

„Nicht mein Kampf?" Seine Stimme klang empört. „Ist Thayos nicht meine Heimat? Die Anweisungen des Landmannes von Thayos betreffen mich, meine Freunde und meine Patienten. In diesen Bergen und Wäldern fließt mein Blut. *Du* bist hier eine Fremde. Was du auch für deine Leute, die Flieger, ausrichtest, es wird auch meine Leute betreffen. Und ich kenne sie besser als du. Sie kennen mich und sie vertrauen mir. Viele von ihnen stehen in meiner Schuld, und das ist eine Schuld, die man nicht mit Eisenmünzen bezahlen kann. Sie werden mir helfen und ich dir. Ich denke, du kannst meine Hilfe gebrauchen."

Als er seine Hand auf ihren Arm legte, fühlte Maris, wie Stärke durch ihre Adern floß.

Sie lächelte, denn sie war glücklich, daß sie nicht allein war. Sie war sich ihres Weges sicher. „Ja, Evan, ich *brauche* dich wirklich."

„Du kannst auf mich zählen. Wie fangen wir an?"

Maris lehnte sich gegen das Kopfende des Bettes und machte es sich in Evans Armen gemütlich. „Wir brauchen einen geheimen Ort, einen Landeplatz, wo die Flieger kommen und gehen können, ohne daß der Landmann von Thayos und seine Spione es merken."

Als sie geendet hatte, fühlte sie, daß er nickte. „Erledigt", sagte er. „Nicht weit von hier liegt eine verlassene Farm. Der Farmer ist erst im letzten Winter gestorben, deshalb hat der Wald das Anwesen noch nicht vereinnahmt, obwohl er es vor neugierigen Augen schützt."

„Gut. Vielleicht sollten wir uns dorthin zurückziehen, falls die Landwachen uns suchen."

„Ich muß hier bleiben", sagte Evan. „Wenn die Landwachen mich nicht finden, können es die Kranken auch nicht. Ich muß für sie erreichbar sein."

„Aber dann bist du vielleicht nicht in Sicherheit."

„Ich kenne in Thossi eine Familie mit dreizehn Kindern. Der Mutter habe ich bei einer schwierigen Geburt geholfen und ihre Kinder mehrmals vor dem Tode bewahrt – sie würden für mich dasselbe tun. Ihr Haus liegt an der Hauptstraße und eines der Kinder könnte immer aufpassen. Wenn die Landwachen nach uns suchen, müssen sie dort vorbeikommen, und die Kinder könnten uns warnen.“

Maris lächelte. „Perfekt.“

„Was gibt's noch?“

„Zunächst sollten wir S'Rella wecken.“ Maris setzte sich hin und löste sich aus der Umarmung. Dann schwang sie ihre Beine aus dem Bett. „Ich brauche ihre Flügel. Sie soll einige Botschaften für mich übermitteln. Die entscheidenste zuerst. Sie muß zu Val Einflügler.“

Val kam umgehend zu ihr.

Sie erwartete ihn im Flur einer engen Holzhütte mit zwei Zimmern. Die Hütte war verwittert und die Möbel von einer Staubschicht bedeckt. Dreimal kreiste er mit seinen silbernen Flügeln, die sich gegen den Himmel abhoben, über einem Weizenfeld, bevor er sicher war, daß er gefahrlos landen konnte.

Nachdem er gelandet war, half sie ihm beim Ablegen der Flügel. Obwohl sie ein Zittern verspürte, als ihre Hände das weiche metallische Gewebe berührten. Val umarmte sie und lächelte. „Du siehst gut aus, für einen alten Krüppel“, sagte er.

„Du bist sehr dreist, für einen Idioten“, gab ihm Maris zurück. „Komm herein.“

Coll saß in der Hütte und stimmte seine Gitarre. „Val“, sagte er und nickte.

„Setz dich“, sagte Maris zu Val. „Ich muß dir etwas sagen.“

Er sah sie verwundert an, aber er setzte sich.

Coll sang „Tyas Sturz“. Auf den Wunsch seiner Schwester hin hatte er zwei Versionen komponiert. Val trug er die traurige Version vor.

Val hörte höflich zu, doch eine Spur von Unruhe konnte er nicht unterdrücken. „Sehr schön“, sagte er, als Coll geendet hatte. „Sehr traurig.“ Er sah Maris böse an. „Hast du S'Rella deswegen zu mir geschickt? Sollte ich deswegen mein Leben riskieren, anstatt meinen Eid aufrecht zu halten, niemals nach Thayos zu kommen?

Deswegen? Um mir ein Lied anzuhören?“ Er zog eine Grimasse. „Der Sturz muß deinen Kopf böse verletzt haben.“

Coll lachte. „Gib ihr eine Chance“, sagte er.

„Schon gut“, sagte Maris. „Wir kennen uns, nicht wahr?“

Val lächelte gekünstelt. „Du sollst deine Chance haben“, sagte er. „Worum geht's?“

„Tya“, sagte Maris. „Um es mit einem Wort zu sagen. Es geht darum, wie wir in Ordnung bringen, was auf der Versammlung zerstört wurde.“

Val blickte finster drein. „Dazu ist es zu spät. Tya ist tot. Wir haben reagiert. Jetzt müssen wir abwarten, was passiert.“

„Wenn wir warten, *wird* es zu spät sein. Wir dürfen es nicht zulassen, daß die Flieger die Akademien schließen, oder die Wettbewerbe nicht jedem zugänglich machen, der die angedrohten Sanktionen ignoriert. Indem du die Versammlung verlassen hast, hast du Corm in die Hände gespielt, du hast die Unterstützung der Versammlung verloren.“

Val schüttelte den Kopf. „Ich habe getan, was ich tun mußte. Jedes Jahr gibt es mehr Einflügler. Vielleicht hat der Landmann von Thayos jetzt gut lachen, aber ihm wird das Lachen noch vergehen.“

„Darauf können wir nicht warten“, sagte Maris. Für einen Moment schwieg sie, denn ihr gingen so viele Gedanken durch den Kopf, daß sie Angst hatte zu sprechen. Val war ihr fremd geworden. Sie verstanden sich, wie sie Coll gesagt hatte, aber Val war noch immer launisch und temperamentvoll, das hatte er auf der Versammlung bewiesen. Es würde ihm schwerfallen zuzugeben, daß er sich geirrt hatte.

„Ich hätte kommen sollen, als du nach mir schicktest“, sagte sie nach einer Weile. „Aber ich hatte Angst und war egoistisch. Vielleicht hätte ich die Teilung verhindern können, wenn ich gekommen wäre.“

„Das ist sinnlos“, sagte Val tonlos, „was geschehen ist, ist geschehen.“

„Das heißt nicht, daß man es nicht ändern kann. Ich verstehe ja, daß du *etwas* tun mußtest, aber vielleicht stellt sich heraus, daß es schlimmer war, als wenn du nichts getan hättest. Was tust du, wenn die Flieger dir die Flügel wegnehmen und die Einflügler für immer auf den Boden verbannen?“

„Sie sollen es nur versuchen.“

„Was könntest du dagegen tun? Gegen alle einzeln kämpfen, Mann gegen Mann? Nein. Wenn die Flieger beabsichtigen, allen die Flügel wegzunehmen, die dich unterstützt haben, könntest du nichts dagegen tun. Vielleicht könntest du einige von ihnen töten, aber das hätte zur Folge, daß es mehr tote Tyas gäbe. Die Landmänner würden die Flieger mit der ganzen Macht der Landwachen unterstützen.“

„Wenn das geschieht.“ Val sah Maris an, sein Gesicht war beängstigend ruhig. „Wenn das geschieht, wirst du deinen Traum begraben müssen. Bedeutet dir das soviel? Immer noch? Obwohl du weißt, daß du nie wieder fliegen kannst?“

„Das ist wichtiger als mein Traum oder mein Leben“, sagte Maris. „Viel wichtiger. Und du weißt es. Du machst dir auch Sorgen, Val.“

Um sie herum schien sich ein Ring von Stille zu schließen, selbst Colls Finger lagen bewegungslos auf den Saiten seiner Gitarre.

„Ja“, sagte Val, das Wort klang wie ein Seufzen. „Aber was ... was kannst du tun?“

„Die Folgen aufheben“, sagte Maris sofort. „Bevor deine Feinde sie gegen dich verwenden.“

„Wird der Landmann Tyas Tod durch den Strang aufheben? Nein, Maris, diese Sanktion ist das einzige, was wir haben. Entweder die anderen Flieger unterstützen uns, oder die Spaltung bleibt.“

„Das ist doch sinnlos“, sagte Maris. „Thayos wird die Einflügler nicht vermissen. Die geborenen Flieger werden kommen und gehen, so daß der Landmann genügend Flügel zur Verfügung haben wird, um seine Botschaften zu übermitteln. Das bringt nichts.“

„Aber es bedeutet, daß wir zu unserem Wort stehen und keinen Verrat begehen. Außerdem haben alle dafür gestimmt. Selbst wenn ich wollte, könnte ich allein diese Entscheidung nicht rückgängig machen. Diese Anstrengungen sind umsonst.“

Maris lächelte gequält, aber sie hatte ein Fünkchen Hoffnung. Val begann nachzugeben. „Laß deine Späße, Val. Du *bist* die Einflügler. Deshalb habe ich nach dir geschickt. Wir beide wissen, daß sie tun werden, was du vorschlägst.“

„Soll ich vergessen was der Landmann getan hat? Soll ich Tya vergessen?“

„Niemand wird Tya vergessen."

Ein sanfter Akkord erklang. „Mein Lied wird dafür sorgen", sagte Coll. „In ein paar Tagen werde ich es in Port Thayos vortragen, und andere Sänger werden es übernehmen. Bald wird man es überall kennen."

Val sah ihn ungläubig an. „Hast du wirklich vor, dieses Lied in Port Thayos zu singen? Bist du verrückt? Weißt du denn nicht, daß schon allein Tyas Name Zank und Streit in Port Thayos auslösen wird? Wenn du dein Lied dort in einer Kneipe vorträgst, wird es nicht lange dauern, und du liegst mit durchschnittener Kehle im Rinnstein."

„Sänger genießen eine besondere Freiheit", sagte Coll. „Besonders, wenn sie gut sind. Zunächst wird Tyas Name sicherlich böse Reaktionen hervorrufen, aber wenn sie das Lied erst gehört haben, werden sie anders darüber denken. Es wird nicht lange dauern und Tya wird als Heldin, als tragisches Opfer gelten. Und mein Lied wird dies bewirkt haben, auch wenn das nur den wenigsten bewußt sein wird."

„So viel Arroganz ist mir noch nicht begegnet", sagte Val amüsiert. Er sah Maris an. „Hast du ihm das eingeredet?"

„Wir haben darüber gesprochen."

„Habt ihr auch darüber gesprochen, daß er möglicherweise getötet wird? Vielleicht gefällt es einigen Leuten tatsächlich zu hören, wie edel Tya war, aber wütende und betrunkene Landwachen könnten versuchen, den Sänger daran zu hindern, daß er Lügen verbreitet, indem sie ihm den Schädel einschlagen. Habt ihr daran gedacht?"

„Ich kann allein auf mich aufpassen", sagte Coll. „Nicht alle meine Lieder sind beliebt, besonders am Anfang."

„Es ist dein Leben", sagte Val kopfschüttelnd. „Falls du lange lebst, können deine Lieder vielleicht wirklich etwas bewirken."

„Ich möchte, daß du noch einige Flieger kommen läßt", sagte Maris. „Einflügler, die ein wenig singen und spielen können."

„Möchtest du, daß Coll ihnen etwas beibringt, für die Tage, wenn sie keine Flügel mehr besitzen?"

„Sein Lied muß so schnell wie möglich in ganz Thayos bekannt werden", sagte Maris. „Ich möchte, daß die Flieger es lernen und es auch anderen Sängern beibringen. Ich möchte dieses Lied als Botschaft von uns überall verkünden lassen. Ganz Windhaven soll

Tya kennenlernen, sie sollen Colls Lied singen und erfahren, was sie vorhatte."

Val blickte nachdenklich drein. „Nun gut", sagte er. „Ich werde meinen Leuten eine geheime Nachricht zukommen lassen. Außerhalb von Thayos wird das Lied schnell bekannt werden."

„Außerdem solltest du bekannt geben, daß die Sanktionen gegen Thayos aufgehoben wurden."

„Das werde ich *nicht* tun", sagte er verärgert. „Tya muß durch mehr als ein Lied gerächt werden!"

„Hast du Tya überhaupt gekannt?" fragte Maris. „Weißt du, was sie beabsichtigte? Sie wollte einen Krieg verhindern und sicherstellen, daß die Landmänner keine Gewalt über die Flieger haben. Aber diese Sanktionen liefern uns den Landmännern aus, weil sie uns in zwei Lager spalten und dadurch schwächen. Nur wenn die Flieger gemeinsam handeln, können sie sich gegen die Landmänner zur Wehr setzen."

„Das mußt du Dorrel sagen", sagte Val kühl. „Gib nicht mir die Schuld. Ich habe die Versammlung einberufen, damit wir gemeinsam handeln und Tya retten, und nicht damit wir uns dem Landmann von Thayos beugen. Dorrel hat mir die Sache aus der Hand genommen und uns geschwächt. Erzähl es *ihm* und warte ab, wie er reagiert."

„Das habe ich vor", sagte Maris ruhig. „S'Rella ist bereits auf dem Weg nach Laus."

„Willst du, daß er hierher kommt?"

„Ja. Er und andere. Ich kann ja nicht zu ihnen, denn ich bin ein Krüppel, wie du sagtest." Sie lächelte finster.

Val zögerte. Offensichtlich wollte er seine Gedanken ordnen. „Du willst mehr als die Zurücknahme der Sanktion", sagte er schließlich. „Das ist nur der erste Schritt, um die Einflügler und die geborenen Flieger zu vereinen. Was hast du mit uns vor, falls es dir gelingt, uns zu vereinen?"

Maris' Herz klopfte vor Freude, denn jetzt wußte sie, daß Val auf ihrer Seite stand.

„Weißt du, wie Tya gestorben ist?" fragte Maris. „Weißt du, daß der Landmann von Thayos die Grausamkeit und die Dummheit besaß, sie zu töten, während sie ihre Flügel trug? Anschließend hat man sie ihr abgenommen und an den Mann zurückgegeben, von dem sie sie vor Jahren gewonnen hatte. Ohne ihr einen Grabstein zu errichten hat man sie einfach außerhalb der Festung im Feld verscharrt, dort wo man Mörder und andere Gesetzlose begräbt. Sie starb mit ihren Flügeln, aber man hat ihr keine Fliegerbestattung gewährt. Niemand durfte an der Beisetzung teilnehmen."

„Ja und? Was geht das mich an? Was hast du mit mir vor, Maris?" Sie lächelte. „Ich möchte, daß du trauerst, Val. Das ist alles. Ich möchte, daß du Tyas Tod beklagst."

Maris und Evan hörten die Nachricht zuerst aus dem Mund einer reisenden Geschichtenerzählerin, einer alten launischen Frau aus Port Thayos, die den Heiler aufgesucht hatte, damit er ihr einen Dorn aus dem Fuß entferne. „Unsere Landwachen haben die Mienen von Thrane besetzt", sagte die Frau, während Evan sie behandelte. „Man spricht davon, daß sie auch in Thrane selbst einmarschieren wollen."

„Wahnsinn", schimpfte Evan. „Noch mehr Tote."

„Gibt es noch weitere Neuigkeiten?" fragte Maris. Inzwischen waren viele Flieger auf dem geheimen Landeplatz angekommen, aber es war mehr als eine Woche vergangen, seit Coll sein Lied einem halben Dutzend Einflüglern beigebracht hatte und sich auf den Weg nach Port Thayos gemacht hatte. Die Tage waren kalt und regnerisch.

„Da ist dieser Flieger", sagte die Frau. Sie warf einen Blick auf das spitze Knochenmesser, mit dem Evan den Dorn aus ihrem Fleisch schnitt. „Sei bloß vorsichtig, Heiler", sagte sie.

„Was ist mit dem Flieger?" sagte Maris.

„Einige sagen, es wäre ein Geist", sagte die Frau. Evan hatte den Dorn entfernt und rieb etwas Salbe in den Schnitt. „Vielleicht Tyas Geist. Eine Frau, ganz in schwarz gekleidet, die kein Wort spricht. Sie kam zwei Tage bevor ich aufbrach aus dem Westen. Der Wirt kam heraus, um ihr bei der Landung und beim Abnehmen der Flügel zu helfen. Aber sie landete nicht. Sie flog ruhig über die Berge und die Festung des Landmannes hinweg und setzte ihren Weg über die Felder von Port Thayos fort. Aber auch dort landete sie nicht. Seit sie das erstemal erschien, ist sie unzählige Bogen von Port Thayos zur Festung und zurück geflogen, ohne einmal zu landen oder etwas zu rufen. Sie fliegt bei Sonne und Wind, Tag und Nacht. Bei Sonnenuntergang ist sie dort und bei Sonnenaufgang. Sie ißt weder, noch trinkt sie etwas."

„Faszinierend“, sagte Maris und mußte sich ein Lachen verkneifen. „Denkst du, sie ist ein Geist?“

„Vielleicht“, sagte die alte Frau. „Ich habe sie selbst oft gesehen. Während ich die Straßen von Port Thayos entlang gehe, fühle ich plötzlich, wie mich ein Schatten berührt, ich sehe hinauf, und da ist sie. Man erzählt sich inzwischen die tollsten Geschichten über sie. Die Leute haben Angst, und einige Landwachen behaupten, der Landmann fürchte sich am meisten, obwohl er es nicht zeigen will. Wenn sie über seine Festung fliegt, traut er sich nicht heraus. Vielleicht hat er Angst davor, Tyas Gesicht zu sehen.“

Evan hatte einen mit Salbe bestrichenen Verband um den verletzten Fuß der Geschichtenerzählerin gelegt. „Fertig“, sagte er. „Versuch einmal aufzutreten.“

Die Frau stand auf und stützte sich auf Maris. „Es tut etwas weh.“

„Es hat eine Infektion gegeben“, sagte Evan. „Du hast Glück gehabt. Wenn du einige Tage später einen Heiler aufgesucht hättest, hättest du den Fuß vielleicht verloren. In Zukunft solltest du Stiefel tragen. Die Waldpfade sind gefährlich.“

„Ich mache mir nichts aus Stiefeln“, sagte die Frau. „Ich liebe das Gefühl der Erde, des Grases und des Felsens unter meinen Füßen.“

„Liebst du auch das Gefühl von Dornen in deinem Fuß?“ sagte Evan. Sie diskutierten eine Weile, bis die Frau einwilligte, einen Stoffschuh zu tragen, aber lediglich an ihrem verletzten Fuß und nur bis dieser wieder in Ordnung war.

Nachdem sie gegangen war, wandte sich Evan lächelnd an Maris. „So fängt es an“, sagte er. „Wie kommt es, daß der Geist weder ißt noch trinkt?“

„Sie führt einen Beutel Nüsse und Trockenobst und einen Wasserschlauch mit sich“, sagte Maris. „Auf langen Flügen tun Flieger das oft. Was glaubst du, wie wir sonst nach Artellia oder Embers fliegen könnten?“

„Darüber habe ich noch nicht nachgedacht.“

Maris nickte, aber sie war völlig in Gedanken versunken. „Ich vermute, daß sie heute nacht heimlich einen anderen Geist einsetzen, damit sich der erste ausruhen kann. Sehr schlau von Val, jemanden zu nehmen, der Tya ähnelt. Da hätte ich auch selbst drauf kommen können.“

„Du hast schon genug bedacht“, sagte Evan. „Du hast dir nichts vorzuwerfen. Was machst du für ein finsteres Gesicht?“

„Ich wünschte“, sagte Maris, „daß *ich* der Flieger wäre.“

Zwei Tage später klopfte ein kleines Mädchen an ihre Tür. Sie gehörte zu der Familie, die Evan so verpflichtet war, deshalb fürchtete Maris einen Moment, die Landwachen wären hinter ihr her. Aber sie brachte lediglich einige Neuigkeiten, denn Evan hatte darum gebeten, daß man ihn über jegliche Gerüchte aus Thossi informierte.

„Ein Händler war in der Stadt“, sagte das kleine Mädchen. „Er erzählte von den Fliegern.“

„Was hat er über sie erzählt“, fragte Maris.

„Er sagte, er hätte dem alten Mullish in der Kneipe erzählt, daß der Landmann Angst habe. Es gäbe drei von ihnen, sagte er. Drei schwarze Flieger, die immer ihre Kreise ziehen.“ Sie stand auf und streckte ihre kleinen Arme aus, um ihnen zu zeigen, was sie meinte. Maris sah Evan an und lächelte.

„Jetzt sind es schon sieben schwarze Flieger“, erzählte ihnen ein großer dicker Mann. Völlig ausgemergelt und blutend hatte er vor ihrer Tür gestanden. Er war ein ehemaliger Landwächter, der in Lumpen gekleidet war. „Sie wollten mich nach Thrane schicken“, erklärte er, „aber ich will verdammt sein, wenn ich dort hin gehe.“ Wenn er nicht sprach, keuchte er und oftmals spuckte er Blut.

„Sieben?“

„Eine Unglückszahl“, sagte der Mann stöhnend. „Und alle in schwarz gekleidet. Eine Unglücksfarbe. Das bedeutet nichts Gutes.“ Plötzlich mußte er so stark husten, daß er nicht mehr sprechen konnte.

„Immer mit der Ruhe“, sagte Evan, „ruhig.“ Er gab dem Mann ein Glas Wein mit Kräutern. Maris und er führten den Mann zu einem Bett.

Aber der dicke Mann wollte sich ganz und gar nicht ausruhen. Sobald sein Hustenanfall vorüber war, fing er wieder an zu reden. „Wenn ich der Landmann wäre, würde ich meine Bogenschützen aufmarschieren lassen und sie sofort abschießen. Ja, das würde ich tun. Einige behaupten zwar, die Pfeile würden sie einfach durchdringen, aber so etwas glaube ich nicht. Ich denke, sie sind aus

Fleisch und Blut, wie ich.“ Er strich über seinen dicken Bauch. „Man darf sie nicht einfach fliegen lassen. Sie bringen uns nur Unglück. Seit sie aufgetaucht sind, ist das Wetter schlecht, die Fische beißen nicht, und ich habe gehört, daß in Port Thayos einige Leute krank geworden sind und starben, als der Schatten ihrer Flügel sie berührte. In Thrane wird etwas Schreckliches passieren, das weiß ich genau, deshalb will ich nicht dorthin. Nicht wenn sieben schwarze Flieger am Himmel sind. Nein, ich nicht. Das Böse ist am Werk. Ich sag euch, das bedeutet nichts Gutes.“

Dem dicken Mann hat es jedenfalls nichts Gutes gebracht, dachte Maris. Als sie am nächsten Morgen zu ihm ging, um ihm das Frühstück zu bringen, war sein mächtiger Leib kalt und steif. Evan begrub ihn im Wald, an einer Stelle, wo sich schon die Gräber anderer Reisender befanden.

„Thenya war in Port Thayos um dort ihre Wandteppiche zu verkaufen“, berichtete ein anderes der Kinder, die Evan versorgten, diesmal war es ein Junge. „Als sie nach Thossi zurückgekehrt war, erzählte sie, daß jetzt mehr als ein Dutzend schwarzer Flieger ihre Kreise vom Hafen zur Festung des Landmannes zögen. Und jeden Tag kämen mehr.“

„Zwanzig schwarze Flieger, die nichts sagen und finster aussehen“, sagte eine junge Sängerin. Sie hatte blondes Haar, blaue Augen, eine süße Stimme und ein freundliches Wesen. „Sie liefern Stoff für ein herrliches Lied! Ich arbeite bereits daran, wenn ich nur wüßte, wie das endet...“

„Warum glaubst du, sind sie hier?“ fragte Evan.

„Wegen Tya, natürlich“, sagte die junge Frau, über diese Frage sichtlich verwundert. „Sie hat gelogen, weil sie einen Krieg verhindern wollte, und deswegen hat der Landmann sie getötet. Ich vermute, daß sie für sie Schwarz tragen. Viele Menschen trauern um sie.“

„Ach ja“, sagte Evan. „Tya. Ihre Geschichte ist selbst ein Lied wert. Hast du vor, eins über sie zu schreiben?“

Die Sängerin grinste. „Es gibt bereits eins“, sagte sie. „Ich habe es in Port Thayos gehört. Warte, ich singe es euch vor.“

Maris traf Katinn von Lomarron auf dem Landefeld, wo sich

schmächtige grüne Raufbolde und mißgestaltete Schmutzdrachen im wilden Weizen tummelten. Der große Mann mit der Kette aus Szyllazähnen landete elegant mit seinen silbernen Flügeln. Er war ganz schwarz gekleidet.

Sie führte ihn ins Haus und gab ihm etwas zu trinken. „Gut?"

Er wischte sich das Wasser von den Lippen und grinste sie an. „Ich bin in großer Höhe geflogen und sah den Kreis der Flieger unter mir. Das hättest du sehen sollen! Es müssen jetzt vierzig Flügel sein, denke ich. Der Landmann muß schäumen vor Wut. Überall spricht man davon. Aus dem ganzen Osten strömen die Einflügler herbei. Val selbst hat im Westen Bescheid gesagt. Deshalb wird es nicht lange dauern bis weitere Flieger ankommen. Jetzt sind es schon so viele, daß es nicht auffällt, wenn jemand eine Pause macht, um etwas zu essen. Ich beneide die arme Alain nicht, die anfangen mußte. Zweifellos ist sie eine starke Fliegerin. Ich habe sie noch nie müde gesehen. Zur Zeit erholt sie sich heimlich auf Thrynal, aber sie wird uns bald wieder Gesellschaft leisten. Ich für meinen Teil werde jetzt den Kreis unterstützen."

Maris nickte. „Was ist mit Colls Lied?"

„Man singt es auf Lomarron, Süd Arren und Drachens Landung. Ich habe es selbst einige Male gehört. Und es wird auf den Südlichen und Äußeren Inseln genauso bekannt wie im Westen, deinem Amberly, auf Culhall und Poweet. Selbst die Sänger von Sturmstadt kennen es inzwischen."

„Gut", sagte Maris, „sehr gut."

„Der Landmann hat Jem zu den Fliegern hinaufgeschickt", sagte Evans Freund und wiederholte die Nachricht aus Thossi, „es heißt, er habe sie erkannt und sie namentlich angesprochen, aber sie haben ihm nicht geantwortet. Du solltest in die Stadt kommen und es dir ansehen, Evan. Wann immer man hinaufblickt, ist der Himmel voller Flieger."

„Der Landmann hat den Fliegern befohlen, seinen Himmel zu verlassen, aber sie gehorchen nicht. Warum sollten sie auch? Wie die Sänger sagen, der Himmel gehört den Fliegern!"

„Ich habe gehört, daß eine Fliegerin aus Thrane mit einer Nachricht für unseren Landmann angekommen ist. Aber als sie im

Empfangszimmer vor ihrer Zuhörerschaft erschien, wurde der Landmann blaß vor Angst, denn die Fliegerin war von Kopf bis Fuß schwarz gekleidet. Während sie ihre Nachricht vortrug, zitterte er. Dennoch fragte er sie, bevor sie ging, warum sie ganz in Schwarz gekleidet sei. ‚Ich werde den Kreis unterstützen‘, sagte sie ruhig zu ihm, ‚und trauere um Tya.‘ Und das tat sie auch.“

„Man erzählt sich, daß die Sänger in Port Thayos alle schwarz gekleidet sind und einige andere Leute auch. Die Straßen sind voll von Händlern, die schwarze Kleider verkaufen, und die Färber haben alle Hände voll zu tun.“

„Jem ist zu den schwarzen Fliegern gestoßen!“

„Der Landmann hat die Landwachen aus Thrane zurückgerufen. Er hat Angst vor dem, was die Flieger tun könnten, habe ich gehört, und will seine besten Bogenschützen um sich haben. Die Festung ist voller Menschen. Es heißt, der Landmann verläßt das Haus nicht mehr, um zu verhindern, daß der Schatten ihrer Flügel auf ihn fällt.“

S’Rella brachte die willkommene Nachricht, daß ihr Dorrel am nächsten Tag folgen würde. Maris selbst hielt den ganzen Nachmittag auf den Klippen Ausschau, denn sie war zu ungeduldig, um mit S’Rella im Haus zu warten. Endlich sah sie die lang erwartete dunkle Gestalt am Himmel. Sie lief eilig in den Wald, um ihn dort zu treffen.

Es war ein heißer, windstiller Tag. Schlechtes Flugwetter. Während sie durch das hohe Gras ging, das die Hütte verbarg, mußte Maris viele angriffslustige Insekten abwehren. Ihr Herz klopfte vor Aufregung, als sie die schwere Holztür aufstieß.

Sie blinzelte, denn der Raum erschien ihr dunkel, da sie aus dem hellen Sonnenlicht kam. Dann fühlte sie eine Hand auf ihrer Schulter und hörte eine vertraute Stimme ihren Namen aussprechen.

„Du . . . du bist gekommen“, sagte sie. Plötzlich war sie außer Atem. „Dorrel.“

„Hast du daran gezweifelt?“

Ihre Augen hatten sich an die Dunkelheit gewöhnt. Das vertraute Lächeln, seine Art, dazustehen.

„Hast du etwas dagegen, daß wir uns setzen?“ fragte er. „Ich bin schrecklich müde. Es war ein langer Flug vom Westen hierher, und es ist mir nicht bekommen, daß ich versucht habe, S'Rella einzuholen.“

Sie rückten zwei mächtige Sessel, die früher einmal sehr schön gewesen sein mußten, dicht zusammen. Aber die Polster waren staubig, angeschimmelt und feucht.

„Wie geht es dir, Maris?“

„Ich ... lebe. Frag mich noch mal in einem Monat oder so, vielleicht habe ich dann eine bessere Antwort.“ Sie sah in seine dunklen ernsten Augen, wich ihnen wieder aus. „Wir haben uns lange nicht gesehen, Dorrel.“

Er nickte.

„Ich habe verstanden, daß du nicht an der Versammlung teilgenommen hast. Ich hoffte, du würdest das tun, was für dich das Beste ist. Aber ich war überglücklich, als S'Rella zu mir kam und mir deine Nachricht brachte, und mich bat, zu dir zu kommen.“ Er setzte sich ein wenig aufrechter hin. „Aber sicherlich hast du nicht nach mir geschickt, nur weil du einen alten Freund wiedersehen wolltest.“

Maris atmete tief durch. „Ich brauche deine Hilfe. Du hast von dem Kreis gehört? Den schwarzen Fliegern?“

Er nickte. „Gerüchte verbreiten sich wie ein Lauffeuer. Ich habe sie gesehen, als ich ankam. Ein eindrucksvoller Anblick. Dein Werk?“

„Ja.“

Er schüttelte den Kopf. „Aber das ist vermutlich noch nicht alles. Was hast du vor?“

„Willst du mir dabei helfen? Wir brauchen dich.“

„Wir? Du stehst auf Seiten der Einflügler, vermute ich?“ Obwohl in seiner Stimme weder Ärger noch Mißfallen klang, spürte Maris, daß er sich innerlich von ihr zurückgezogen hatte.

„Es ist keine Frage der Seiten, Dorr. Wenigstens nicht unter den Fliegern. Das darf es auch nicht – das wäre tödlich, es wäre das Ende von allem was uns beiden wichtig ist. Flieger – Einflügler oder geborene Flieger – dürfen sich nicht spalten und sich der Gnade der Landmänner ausliefern.“

„Das stimmt. Aber es ist zu spät. Es war schon zu spät, als Tya durch ihre erste Lüge alle Gesetze und Traditionen verhöhnte.“

„Dorr", sagte sie mit ernster Stimme. „Auch ich heiße nicht gut, was Tya getan hat. Sie hat es gut gemeint, aber es war falsch, da stimme ich dir zu, aber . . ."

„Ich stimme zu, du stimmst zu", unterbrach er sie. „In diesem Punkt sind wir einig. Tya lebt nicht mehr – das wissen wir. Sie ist tot, aber es ist noch nicht vorbei, ganz und gar nicht. Manche Einflügler nennen sie eine Heldin und Märtyrerin. Sie starb für eine Lüge, für die Freiheit zu lügen. Wie viele Lügen werden noch verbreitet? Wie lange wird es dauern, bis uns die Menschen wieder vertrauen? Seit die Einflügler sich geweigert haben, Tya zu ächten und sich von uns getrennt haben, gibt es Gerüchte, daß die Akademien geschlossen und die Wettkämpfe eingestellt werden. Es hieße, man kehre zu der früheren Verfahrensweise zurück, nach der derjenige Flieger blieb, der es einmal war."

„Das kannst du nicht wollen."

„Nein, nein. Das tue ich nicht." Er zuckte die Achseln und seufzte. „Aber, Maris, die Dinge laufen anders, als wir es wollen. Es liegt nicht in unserer Hand. Als Val die Einflügler aus der Versammlung führte und seine ungesetzliche Sanktion verhängte, hat er ihr Todesurteil gesprochen."

„Sanktionen können aufgehoben werden", sagte Maris.

Dorrel starrte sie an. Seine Augen verengten sich. „Hat Val Einflügler dir das gesagt? Ich glaube ihm nicht. Er spielt ein falsches Spiel. Er versucht, mich durch dich auszutricksen."

„Dorrel!" Voller Zorn sprang sie auf. „Bitte glaube mir! Ich bin nicht Vals Marionette! Er hat weder versprochen die Sanktionen aufzuheben, noch benutzt er mich. Ich konnte ihn davon überzeugen, daß es im Interesse aller wäre, wenn sich die geborenen Flieger und die Einflügler wieder vereinen. Val ist dickköpfig und impulsiv, aber er ist nicht blind. Obwohl er nicht versprochen hat die Sanktionen aufzuheben, konnte ich ihm klarmachen, daß es ein Fehler war. Seine Sanktionen waren sinnlos, weil sie nur von einer kleinen Gruppe anerkannt wurden, außerdem hatte die Teilung für niemanden einen Vorteil."

Dorrel sah sie nachdenklich an. Dann stand auch er auf und ging in dem kleinen staubigen Zimmer auf und ab. „Es tut gut zu hören, daß Val Einflügler einen Fehler eingesteht", sagte er. „Aber was nützt uns das jetzt? Hat er den Plan, den wir verfolgten, akzeptiert?"

„Nein", sagte Maris. „Ich auch nicht. Meiner Meinung nach warst du zu hart. Ja, ich weiß, was du dachtest. Ich weiß, daß du Tyas Verbrechen verurteilen mußtest. Du glaubtest, es wäre das beste, wenn man sie dem Landmann übergibt, damit er sie hinrichten ließe."

Dorrel blieb stehen und sah sie verärgert an. „Maris, du weißt, daß dies nicht meine Absicht war. Ich habe nie gewollt, daß Tya stirbt, aber Vals Vorschlag war absurd. Es hätte so ausgesehen, als hätten wir ihr verziehen."

„Die Versammlung hätte darauf bestehen sollen, daß Tya ausgeliefert und bestraft würde und man ihr die Flügel für immer wegnähme."

„Wir haben ihr die Flügel weggenommen."

„Nein", sagte Maris. „Das hast du den Landmann tun lassen, *nachdem* er sie damit gehängt hatte. Warum hat er das wohl getan? Um uns zu zeigen, daß er einen Flieger hängen konnte, ohne dadurch Schaden zu nehmen."

Dorrel sah wütend aus. Er kam auf sie zu und ergriff ihren Arm. „Nein, Maris! Hat er sie mit ihren *Flügeln* gehängt!"

Sie nickte.

„Davon weiß ich nichts." Als hätte man ihm die Füße weggezogen, ließ er sich in den Sessel fallen.

„Er hat seine Macht demonstriert", sagte Maris. „Er hat bewiesen, daß man einen Flieger genauso einfach töten kann, wie irgend jemand anders. Jetzt, nachdem du und Val die Flieger und Einflügler in gegnerische Lager geteilt habt, zieht der Landmann seinen Vorteil daraus. Sie werden Loyalität verlangen, sie werden Maßnahmen ergreifen und Regeln aufstellen, um die Flieger zu kontrollieren, und falls es dazu kommt, werden sie die Rebellen wegen Verrats zum Tode verurteilen. Sie werden die Flügel für sich beanspruchen und sie denjenigen geben, die ihnen gefallen. Vielleicht sperren sie morgen andere Flieger ein oder verurteilen sie zum Tode. Es wird nicht lange dauern, bis ein weiterer Landmann seine Macht erkennt, denn die Flieger sind zu zersplittert, um ihnen die Stirn zu bieten." Sie setzte sich und sah ihn an. Atemlos wartete sie darauf, daß er die richtige Antwort gab.

Dorrel nickte zögernd. „Du hast wohl recht. Aber . . . was kann ich tun? Nur Val und die anderen Einflügler können uns wieder zusammenbringen. Du erwartest doch wohl nicht von mir, daß ich die anderen Flieger vereine, indem ich eine verspätete Sanktion unsererseits anrege?“

„Natürlich nicht. Aber das kann nicht alles von Val abhängen. Es gibt zwei Seiten, und beide müssen einen Schritt zur Versöhnung unternehmen.“

„Worin könnte dieser Schritt bestehen?“

Maris beugte sich nach vorn. „Unterstütze die schwarzen Flieger“, sagte sie. „Trauere um Tya. Hilf den anderen. Wenn sich erst herumspricht, daß Dorrel von Laus zu den Einflüglern gestoßen ist, um zu trauern, werden andere folgen.“

„Trauern?“ Er verzog das Gesicht. „Du willst, daß ich mich schwarz kleide und im Kreis herumfliege!“ Aus seiner Stimme klang Mißtrauen. „Und was noch? Wobei soll ich die schwarzen Flieger noch unterstützen? Hast du die Absicht, Thayos zu bestrafen, indem alle Flieger über der Insel kreisen?“

„Nein. Das ist keine Sanktion. Sie hindern keine Flieger daran, Nachrichten zu bringen oder von Thayos zu holen. Falls du, oder einer deiner Anhänger, den Kreis verlassen müßtest, würde dich niemand daran hindern. Es wäre lediglich ein Beweis deiner Sympathie.“

„Das ist mehr als eine Sympathiekundgebung oder Trauer, dessen bin ich mir sicher“, sagte Dorrel. „Maris, sei aufrichtig. Wir beide kennen uns sehr lange. Aus Liebe zu dir würde ich alles mögliche tun. Aber ich kann nicht gegen meine Überzeugung handeln, und ich will mich nicht austricksen lassen. Bitte spiele nicht eines von Vals Spielen mit mir. Ich denke, du bist mir Ehrlichkeit schuldig.“

Maris hielt seinem Blick stand, aber sie empfand ein Schuldgefühl ihm gegenüber. Sie *wollte* ihn benutzen, er war ein wichtiger Bestandteil ihres Plans. Weil sie sich früher einmal so viel bedeutet hatten, war sie sich sicher, daß er ihr helfen würde. Aber sie wollte ihn nicht hintergehen.

Ruhig sagte sie: „Ich habe dich immer als Freund gesehen, selbst als wir unterschiedlicher Meinung waren. Aber ich bitte dich nicht aufgrund unserer Freundschaft darum. Dazu ist es zu wichtig. Ich denke es ist auch für dich wichtig, daß der Riß zwischen den Einflüglern und den geborenen Fliegern gekittet wird.“

„Erzähl mir die ganze Geschichte. Was willst du wirklich von mir und warum?“

„Ich möchte, daß du zu den schwarzen Fliegern stößt, um zu demonstrieren, daß die Einflügler nicht allein dastehen. Ich möchte die Flieger und Einflügler zusammenbringen, und der Welt zeigen, daß sie fähig sind, gemeinsam zu handeln."

„Du hoffst, daß Val Einflügler und ich unsere Differenzen vergessen, wenn wir zusammen fliegen?"

Maris lächelte vielsagend. „Früher einmal, vor langer, langer Zeit war ich so naiv. Heute nicht mehr. Ich hoffe, daß die Einflügler und geborenen Flieger gemeinsam handeln."

„Wie? Durch diese merkwürdige Trauerzeremonie?"

„Die schwarzen Flieger tragen weder Waffen, noch stoßen sie Drohungen aus. Sie landen nicht einmal auf Thayos", sagte sie. „Sie sind nichts weiter als Trauernde, aber ihre Anwesenheit macht den Landmann von Thayos sehr nervös. Er versteht nicht, was da vor sich geht. Vor lauter Angst hat er die Landwachen aus Thrane zurückgerufen – schon aus diesem Grund waren die schwarzen Flieger erfolgreich, denn wo Tya versagte, ist es ihnen gelungen, den Krieg zu beenden."

„Aber der Landmann wird seine Furcht überwinden. Und die schwarzen Flieger können nicht ewig über Thayos ihre Kreise ziehen."

„Der hiesige Landmann ist ein impulsiver, blutrünstiger und schrecklicher Mensch", sagte Maris. „Der Gewalttätige befürchtet immer die Gewalt anderer. Und er ist nicht der Typ, der dem anderen den ersten Schritt überläßt. Über kurz oder lang wird er etwas unternehmen und die Flieger zum Handeln zwingen."

Dorrel schnitt eine Grimasse. „Wodurch? Indem er uns mit ein paar Pfeilen abschießt?"

„Uns?"

Dorrel schüttelte den Kopf, aber er lächelte. „Das könnte gefährlich werden, wenn man ihn provoziert, Maris."

Sein Lächeln tat ihr gut.

„Die schwarzen Flieger tun nichts außer fliegen. Wenn Port Thayos durch ihre Schatten agitiert wird, ist das der Verdienst des Landmannes und seiner Gefolgsleute."

„Besonders das der Sänger und Heiler – wir wissen, welche Schwierigkeiten sie verursachen können! Ich werde tun, worum du mich gebeten hast, Maris. Das wird eine tolle Geschichte für meine Enkel, falls ich welche haben werde. Wenn Jan sich weiterhin so verbessert, werde ich meine Flügel sowieso nicht mehr lange besitzen."

„Oh, Dorr!"

Er streckte die Hand aus. „Als Zeichen der Trauer um Tya werde ich Schwarz tragen", sagte er bedächtig. „Und ich werde den großen Kreis unterstützen, der um sie trauert. Aber ich werde nichts tun, was ihr Verbrechen entschuldigt oder Ausdruck der Sanktion gegen Thayos ist." Er stand auf und streckte sich. „Falls etwas passiert, falls der Landmann beabsichtigt, seine Macht zu demonstrieren und den Fliegern zu drohen, nun, dann sollten wir, die Einflügler und die geborenen Flieger, gemeinsam handeln."

Maris hatte sich ebenfalls erhoben. Sie lächelte. „Ich wußte, daß du es so siehst", sagte sie.

Sie umarmte ihn und drückte ihn leidenschaftlich an sich. Dorrel hob ihren Kopf und küßte sie. Vielleicht nur wegen der alten Zeiten, aber einen Moment lang schien es, als hätte es die Jahre nicht gegeben, und sie wären wieder jung und verliebt. Der Himmel gehörte ihnen von Horizont zu Horizont, und alles andere lag tief unten.

Aber der Kuß endete, und sie standen da, wie zuvor. Alte Freunde, die gemeinsame Erinnerungen und verblaßtes Bedauern verband.

„Sei vorsichtig, Dorr", sagte Maris. „Komm bald zurück."

Als sie von der Fliegerklippe, von der sie Dorrel nach Laus hatte abfliegen sehen, zurückkehrte, war Maris voller Hoffnung. Aber sie war auch traurig, denn der vertraute Wunsch hatte sich ihrer bemächtigt, als sie Dorrel half, die Flügel auszubreiten und ihn beobachtete, wie er in den warmen blauen Himmel hinaufstieg.

Aber der Schmerz war diesmal nicht sehr stark, obwohl sie alles gegeben hätte, um Dorrel begleiten zu können. Aber es gab andere Dinge, über die sie jetzt nachdenken mußte, deshalb fiel es ihr nicht schwer, den Himmel zu vergessen und sich praktischeren Dingen zuzuwenden. Dorrel hatte versprochen, bald mit anderen Fliegern zurückzukehren, und Maris genoß die Vorstellung eines riesigen Kreises schwarzer Flieger.

Als sie Evans Haus näher kam, wurde sie durch einen Schrei aus dem Innern des Hauses jäh aus ihren Träumen gerissen.

Sie rannte die letzten Stufen hinauf und riß die Tür auf. Sofort sah sie, daß Bari weinte und Evan vergeblich versuchte sie zu trösten. Etwas weiter entfernt stand S'Rella mit einem Jungen aus Thossi.

„Was ist passiert?“ schrie Maris und rechnete mit dem Schlimmsten.

Bari wandte sich um und lief weinend zu ihrer Tante. „Mein Vater, sie haben meinen Vater, mach, daß sie, bitte ...“

Maris nahm das weinende Kind in den Arm und streichelte es. „Was ist mit Coll passiert?“

„Coll wurde gefangengenommen und zur Festung gebracht“, sagte Evan. „Der Landmann hat ein halbes Dutzend weiterer Sänger, die ebenfalls Colls Lied über Tya gesungen haben, festgenommen. Er will sie des Verrates anklagen.“

Maris hielt Bari im Arm. „Ruhig, mein Kleines“, sagte sie. „Beruhige dich, Bari.“

„Es gab einen Aufruhr in Port Thayos“, sagte der Junge aus Thossi. „Als sie in den Mondfisch kamen, um Lanya, die Sängerin zu verhaften, gerieten die Landwachen mit einigen Gästen, die sie schützen wollten, aneinander. Sie schlugen mit ihren Keulen auf die Gäste ein. Aber niemand wurde getötet.“

Maris hörte schweigend zu, sie versuchte nachzudenken.

„Ich werde zu Val fliegen“, sagte S'Rella. „Ich werde es den schwarzen Fliegern mitteilen, dann werden sie alle kommen. Der Landmann wird Coll freilassen müssen!“

„Nein“, sagte Maris. Sie hielt Bari noch im Arm. Das Kind hatte sich ein wenig beruhigt. „Nein, Coll ist ein Landgebundener, ein Sänger. Unter den Fliegern gilt er nichts – sie würden sich nicht zusammentun, um ihn zu verteidigen.“

„Aber er ist dein *Bruder!*“

„Das ändert nichts.“

„Wir müssen etwas unternehmen“, sagte S'Rella.

„Das werden wir auch. Wir hatten gehofft den Landmann zu provozieren, wir wollten, daß er etwas gegen die Flieger unternimmt und nicht gegen Landgebundene. Aber jetzt, nachdem das geschehen ist ... Coll und ich haben über diese Möglichkeit gesprochen.“ Sanft hob sie Baris Gesicht, indem sie einen Finger unter ihr Kinn legte, dann trocknete sie ihre Tränen. „Bari, du mußt jetzt gehen.“

„Nein! Ich will meinen Vater! Ohne ihn werde ich nicht gehen!“

„Bari, hör zu. Du mußt gehen, bevor der Landmann dich erwischt. Das wäre auch der Wunsch deines Vaters."

„Das ist mir egal", sagte Bari dickköpfig. „Es ist mir gleich, ob der Landmann mich erwischt! Ich will mit meinem Vater zusammensein!"

„Möchtest du nicht fliegen?" fragte Maris.

„Fliegen?" Baris Gesicht hellte sich plötzlich vor Verwunderung auf.

„S'Rella wird mit dir über den Ozean fliegen", sagte Maris, „falls du groß genug bist und keine Angst hast." Sie sah zu S'Rella auf. „Du kannst sie doch mitnehmen, nicht wahr?"

S'Rella nickte. „Sie ist leicht genug. Val kennt einige Leute auf Thrynel. Es wird ein leichter Flug werden."

„Bist du groß genug?" fragte Maris. „Oder hast du Angst?"

„Ich habe keine Angst", sagte Bari, ihr Stolz war verletzt. „Mein Vater ist früher auch geflogen, wie du weißt."

„Das weiß ich", sagte Maris lächelnd. Sie erinnerte sich an Colls Angst vor dem Fliegen und hoffte, daß Bari diesen Zug nicht geerbt hatte.

„Und du wirst meinen Vater retten?" fragte Bari.

„Ja", sagte Maris.

„Und nachdem ich sie nach Thrynel gebracht habe?" fragte S'Rella. „Was dann?"

„Dann", sagte Maris und nahm Bari bei der Hand, „möchte ich, daß du zur Festung fliegst und dem Landmann eine Botschaft bringst. Sag ihm, daß alles mein Werk ist, daß ich Coll und die anderen Sänger dazu angeregt habe. Falls er mich will und das wird er, sage ihm, daß ich mich ihm ausliefere, sobald er Coll und die anderen freigelassen hat."

„Maris", warnte Evan, „er wird dich hängen."

„Vielleicht", sagte Maris. „Das muß ich riskieren."

„Er ist einverstanden", berichtete S'Rella bei ihrer Rückkehr. „Als Zeichen seines Vertrauens hat er alle Sänger bis auf Coll freigelassen. Man hat sie mit dem Boot nach Thrynel gebracht und ihnen auferlegt, nicht nach Thayos zurückzukehren. Ich kann ihre Abreise bezeugen."

„Und Coll?"

„Man hat mir gestattet mit ihm zu sprechen. Er schien unverletzt, doch er machte sich Sorgen um seine Gitarre, man hat sie ihm weggenommen. Der Landmann wird Coll drei Tage gefangenhalten. Wenn du in dieser Zeit nicht auf der Festung bist, wird Coll gehängt."

„Dann breche ich sofort auf", sagte Maris.

S'Rella ergriff ihre Hand. „Coll läßt dich warnen. Er sagte, du solltest unter keinen Umständen kommen. Es wäre zu gefährlich für dich."

Maris zuckte die Achseln. „Für ihn ist es auch gefährlich. Selbstverständlich gehe ich."

„Es könnte eine Falle sein", sagte Evan. „Man kann dem Landmann nicht trauen. Vielleicht will er euch beide hängen."

„Dieses Risiko muß ich eingehen. Wenn ich nicht gehe, wird Coll mit Sicherheit hängen. Das kann ich nicht auf mein Gewissen nehmen – ich habe ihn in diese Sache hineingezogen."

„Mir gefällt das nicht", sagte Evan.

Maris seufzte. „Früher oder später wird mich der Landmann sowieso kriegen, es sei denn, ich flüchte sofort aus Thayos. Wenn ich mich ihm ausliefere kann ich Coll retten. Vielleicht sogar mehr."

„Was könntest du sonst noch tun?" fragte S'Rella. „Er wird dich hängen und deinen Bruder wahrscheinlich auch. Das ist alles."

„Wenn er mich hängt", sagte Maris ruhig, „haben wir den Zwischenfall, den wir brauchen. Mein Tod würde die Flieger vereinen."

S'Rella wurde blaß. „Maris, nein", flüsterte sie.

„Das habe ich befürchtet", sagte Evan in außergewöhnlich ruhigem Ton. „Das steckte also hinter all deinen Plänen. Du hast dich für einen Märtyrertod entschieden."

Maris blickte finster drein. „Ich hatte Angst, es dir zu sagen, Evan. Ich habe damit gerechnet – ich mußte davon ausgehen, als ich meine Pläne schmiedete. Bist du mir böse?"

„Böse? Nein. Enttäuscht. Verletzt. Und sehr traurig. Ich habe dir geglaubt, als du sagtest, du wolltest leben. Du schienst glücklicher und stärker. Ich habe geglaubt, du liebst mich und ich könnte dir helfen." Er seufzte. „Ich habe nicht erkannt, daß du dem Leben eine edlere Art zu sterben vorgezogen hast. Ich muß deinen Entschluß akzeptieren. Ich ringe täglich um Leben und Tod und habe ihn nie als etwas Edles empfunden, aber vielleicht stehe ich ihm zu nahe. Du wirst bekommen, was du wolltest. Später, wenn du tot bist, werden die Sänger zweifellos etwas Schönes daraus machen."

„Ich will nicht sterben", sagte sie sehr ruhig.

Sie ging auf Evan zu und legte die Hände auf seine Schultern. „Sieh mich an und hör mir zu", sagte sie. Sie sah die Sorgen in seinen Augen und haßte sich, weil sie die Ursache dafür war.

„Liebling, du mußt mir glauben", sagte sie. „Ich gehe zur Festung des Landmannes, weil das alles ist, was ich tun kann. Ich muß versuchen meinen Bruder und mich zu retten und den Landmann davon zu überzeugen, daß man mit Fliegern keine Spielchen treibt.

Mein Plan besteht darin, den Landmann zu einer unüberlegten Handlung zu zwingen, damit er schließlich aufgeben muß. Ich weiß, ich spiele ein gefährliches Spiel. Ich wußte, daß ich oder einer meiner Freunde sterben könnte. Aber dies ist kein ausgeklügelter Plan um meinen Tod edler erscheinen zu lassen.

Evan, ich möchte leben. Und ich liebe dich. Bitte zweifle nicht daran." Sie holte tief Luft. „Ich brauche deinen Glauben an mich. Ich habe deine Hilfe gebraucht und deine Liebe gleichermaßen.

Vielleicht tötet mich der Landmann, aber ich muß zu ihm gehen, ich muß es riskieren, um zu leben. Das ist die einzige Möglichkeit. Ich muß es für Coll und Bari, für Tya und die Flieger und für mich tun. Ich muß es tun, um mir zu beweisen, daß ich zu etwas gut bin. Daß ich nicht grundlos gelebt habe. Verstehst du das?"

Evan sah sie an und betrachtete ihr Gesicht. Dann nickte er schließlich. „Ja, das verstehe ich. Ich glaube dir."

Maris wandte sich um. „S'Rella?"

Die andere Frau hatte Tränen in den Augen, aber sie lächelte. „Ich habe Angst um dich. Aber du hast recht. Du mußt gehen. Und ich bete, daß du Erfolg hast, für dich und für uns alle. Ich möchte nicht, daß wir siegen, wenn es deinen Tod bedeutet."

„Da ist noch etwas", sagte Evan.

„Ja?"

„Ich werde dich begleiten."

Sie trugen beide Schwarz.

Sie waren nicht einmal zehn Minuten unterwegs, als sie eine von Evans Freunden trafen. Das kleine Mädchen rannte atemlos die Straße von Thossi hinauf, um sie vor einem halben Dutzend Landwachen zu warnen.

Eine halbe Stunde später stießen sie auf die Landwachen. Es war eine kleine Gruppe, die mit Keulen und Bogen bewaffnet war. Alle trugen Uniformen, die vom langen anstrengenden Marsch verschwitzt waren. Sie zollten Maris und Evan Respekt und schienen nicht im geringsten überrascht, die beiden auf der Straße zu treffen. „Wir sollen euch zur Festung des Landmannes geleiten", sagte eine junge Frau in befehlsmäßigem Ton.

„Gut", sagte Maris. Sie legte einen flotten Schritt vor.

Eine Stunde bevor sie das abgeschlossene Tal des Landmannes erreichten, sah Maris zum erstenmal die schwarzen Flieger. Aus der Ferne glichen sie einem Schwarm Insekten, dunkle Punkte die sich am Himmel bewegten. Aber sie flogen langsamer, als es Insekten möglich gewesen wäre. Von dem Moment an, da Maris sie zum erstenmal wahrnahm, beobachtete sie eine ständige Bewegung am Horizont. Sobald ein Flieger hinter einem Baum oder einer Felsspitze verschwand, erschien ein anderer an seiner Stelle. Eine nie endende Prozession. Maris wußte, daß sich die Schar der Flieger viele Meilen hinter Port Thayos traf und sich über der Festung des Landmannes und dem Meer zu einem großen Kreis formierte.

„Sieh nur", sagte sie zu Evan und deutete hinauf. Er blickte hinauf, lächelte sie an und hielt ihre Hand fest. Irgendwie hatte der bloße Anblick der Flieger Maris aufgeheitert und ihr Stärke und Sicherheit gegeben. Während sie ihren Weg fortsetzten, nahmen die dunklen Punkte ständig neue Formen und Figurationen an. Dann sah sie den Silberglanz des Sonnenlichts auf ihren Flügeln, während die Flieger versuchten, den richtigen Wind zu finden.

An der Stelle, wo der Weg von Thossi auf die breite Straße nach Port Thayos traf, flogen die Flieger direkt über ihren Köpfen hinweg und blieben den restlichen Teil der Reise über den Wanderern. Maris konnte die Flieger deutlich erkennen, einige blieben weiter oben, wo der Wind kräftig war, aber die meisten ließen sich dicht über den Baumwipfeln treiben. Ihre silbernen Flügel und ihre schwarze Kleidung hoben sich deutlich voneinander ab. Unaufhörlich überflogen die Flieger Maris, Evan und ihre Begleiter. Die Schatten ihrer Flügel strichen gleichmäßig über sie hinweg, wie die Wellen gegen den Strand schlagen.

Maris bemerkte, daß die Landwachen niemals zu den Fliegern

hinaufsahen. Tatsächlich schien die Prozession am Himmel sie zu verärgern und zu irritieren, denn ein junger Bursche aus der Gruppe, mit blaßem, pockennarbigem Gesicht, zitterte sichtlich, wann immer ein Schatten über ihn hinwegglitt.

Kurz vor Sonnenuntergang erreichten sie auf der Straße den ersten Kontrollpunkt. Die Eskorte ging weiter, ohne anzuhalten. Einige Meter weiter endete der Weg plötzlich. Von diesem Punkt aus konnte man das ganze Tal überblicken.

Maris atmete tief durch und fühlte, daß Evan ihre Hand drückte.

Im roten Schein des Sonnenuntergangs verschwanden die Farben allmählich, während sich Schatten am Boden des Tals abzeichneten. Die Welt unter ihnen schien von Blut getränkt, und die Festung krümmte sich wie ein großes, verwundetes Schattentier. Die Feuerstellen im Innern flackerten und gaben dem dunklen Gemäuer den Anschein, als würde es sich winden und zittern, wie ein vor Panik rasendes Ungetüm.

Über ihnen verharrten die Flieger.

Das ganze Tal war voll von ihnen. Maris zählte zehn auf einen Blick. Hitze schlug gegen Stein und gab ihnen einen kräftigen Aufwind. Die Flieger ließen sich von ihm treiben und stiegen hoch hinauf, dann flogen sie in weitläufigen Spiralen wieder hinab. Sie kreisten und kreisten und warteten. Dunkle Aasdrachen, die auf den Tod des Schattentiers lauerten. Eine finstere, unheimliche Szene.

„Kein Wunder, daß er sich fürchtet", sagte Maris.

„Wir müssen weiter", sagte der junge Offizier, der die Gruppe anführte.

Maris warf einen letzten Blick hinauf. Dann folgte sie den anderen ins Tal, wo Tyas stille Trauergäste ihre Kreise über der dunklen Festung flogen, in deren kalten Steinsälen sich der Landmann von Thayos vor dem Himmel fürchtete.

„Ich beabsichtige euch drei zu hängen", sagte der Landmann.

Er saß auf einem hölzernen Thron in seinem Empfangszimmer und hatte den Griff eines schweren bronzenen Messers in der Hand, das auf seinen Knien lag. Gegen sein weißes Seidenhemd hob sich seine silberne Amtskette ab, die im sanften Licht der Öllampen glänzte. Im Gegensatz zu seiner Kleidung war sein Gesicht blaß und verzerrt.

Der Raum war voll von Landwachen. Sie standen ruhig und bewegungslos entlang der Wände. Der Raum war fensterlos. Wahrscheinlich hatte der Landmann ihn deswegen gewählt. Draußen zogen die schwarzen Flieger ihre Bahnen vor dem dunklen Sternenhimmel.

„Laß Coll frei", sagte Maris und versuchte ihre Stimme so ruhig wie möglich zu halten.

Der Landmann verzog das Gesicht und hantierte mit dem Messer. „Bringt den Sänger herein", befahl er. Eine Landwache eilte hinaus. „Dein Bruder hat mir große Sorgen bereitet", fuhr der Landmann fort. „Seine Lieder sind Verrat. Ich sehe keinen Grund ihn freizulassen."

„Wir haben ein Übereinkommen getroffen", sagte Maris schnell. „Ich bin gekommen. Nun mußt du Coll die Freiheit geben."

Der Landmann verzog das Gesicht. „Versuch nicht, mir zu sagen, was ich zu tun habe. Wie kommst du dazu, mir Vorschriften machen zu wollen? Zwischen uns gibt es keine Übereinkunft. Ich bin der Landmann. Ich bin Thayos. Du und dein Bruder seid meine Gefangenen."

„S'Rella hat mir dein Versprechen übermittelt", antwortete Maris. „Sie wird davon erfahren, wenn du es brichst und bald werden Flieger und Landmänner überall in Windhaven davon Kenntnis haben. Dein Wort wird dann nichts mehr wert sein. Wie willst du dann regieren oder verhandeln?"

Seine Augen verengten sich. „Oh? Vielleicht ist es so." Er lächelte. „Ich habe nicht versprochen ihn heil freizulassen. Wie will er über Tya singen, frage ich mich, wenn ich ihm die Zunge herausgerissen und die Finger seiner rechten Hand abgeschlagen habe?"

Ein Gefühl des Schwindels überfiel Maris, als stünde sie ohne Flügel am Rand eines Abgrundes und wäre im Begriff zu fallen. Dann spürte sie, daß Evan ihre Hand ergriff und sich ihre Finger verschränkten. So fand sie den Halt, den sie suchte. „Das würdest du nicht wagen", sagte sie. „Selbst deine Landwachen würden eine solche Gewalttat nicht gutheißen, und die Flieger würden über dein Verbrechen so weit berichten, wie sie der Wind trüge. Dann könnten dich deine ganzen Messer nicht mehr schützen."

„Ich beabsichtige, deinen Bruder freizulassen", sagte der Landmann lauthals, „nicht weil ich deine leeren Drohungen und seine Freunde fürchte, sondern weil ich gnädig bin. Aber weder er, noch ein anderer Sänger wird jemals wieder auf meiner Insel über Tya singen. Er wird von Thayos verbannt werden."

„Und wir?"

Der Landmann grinste und fuhr mit dem Daumen über die Schneide seines Messers. „Der Heiler ist bedeutungslos. Ein Nichts. Er kann gehen." Er beugte sich nach vorn und zeigte mit dem Messer auf Maris. „Nun zu dir, flügellose Fliegerin. Selbst dir gegenüber werde ich mich als gnädig erweisen. Du sollst deine Freiheit haben."

„Zu welchem Preis", sagte Maris bestimmt.

„Die schwarzen Flieger sollen meinen Himmel verlassen", sagte der Landmann.

„Nein", sagte Maris.

„NEIN?" Er schrie und stach das Messer in die Lehne seines Sessels. „Was glaubst du, wo du bist? Ich habe genug von deiner Arroganz. Wie kannst du dich weigern! Wenn ich es will, wirst du im ersten Licht des Morgengrauens gehängt."

„Du wirst uns nicht hängen", sagte Maris.

Seine Lippen zitterten. „Oh?" sagte er. „Rede weiter. Sag mir, was ich tun und lassen werde. Ich fürchte mich richtig." Aus seiner Stimme klang unterdrückte Wut.

„Vielleicht möchtest du uns hängen", sagte Maris, „aber das wagst du nicht. Aus Angst vor den schwarzen Fliegern würdest du es nicht tun."

„Ich habe bereits einen Flieger gehängt", sagte der Landmannn. „Und ich kann weitere hängen. Deine schwarzen Flieger beeindrucken mich nicht."

„Nein? Warum verläßt du dein Haus seither nicht mehr, nicht einmal um zu jagen oder für einen Spaziergang im Hof?"

„Flieger dürfen keine Waffen tragen", sagte der Landmann. „Was können sie mir tun? Laß sie ruhig für immer da oben."

„Seit Jahren hat kein Flieger eine Waffe getragen", stimmte Maris zu, die ihre Worte sorgfältig wählte. „Das ist Fliegergesetz und Tradition. Aber es war auch ein Fliegergesetz, daß man sich aus der Politik der Landgebundenen heraushielt und sich darauf beschränkte, Botschaften zu übermitteln, ohne auch nur darüber nachzudenken. Trotzdem hat Tya es gewagt. Deswegen hast du sie getötet, obwohl eine jahrhundertealte Tradition bestand, daß ein Landmann nicht über einen Flieger urteilen darf."

„Sie war eine Verräterin", sagte der Landmann. „Verräter verdienen kein anderes Schicksal, ob sie Flügel tragen oder nicht."

Maris zuckte die Achseln. „Das ist der Punkt", sagte sie, „in solchen Zeiten bedeuten Traditionen keinen Schutz. Du glaubst, dich in Sicherheit, weil die Flieger keine Waffen tragen?" Sie blickte ihn kühl an. „Nun, jeder Flieger, der dir eine Nachricht überbringt, wird Schwarz tragen, und einige von ihnen werden ebenfalls Haß in ihren Herzen tragen. Du wirst ständig Angst haben. Wird es der nächste sein? Kommt eine neue Tya, eine neue Maris, ein neuer Val Einflügler? Wird die ehrbare Tradition hier und jetzt blutig enden?"

„Das wird niemals geschehen", sagte der Landmann schrill.

„Es ist undenkbar", sagte Maris. „So unvorstellbar wie das, was du mit Tya getan hast. Häng mich, und es wird früher geschehen, als du glaubst."

„Ich hänge wen ich will. Meine Wachen schützen mich."

„Können sie einen Pfeil aufhalten? Willst du all deine Fenster vergittern, um dich vor Fliegern zu schützen?"

„Du *drohst* mir!" sagte der Landmann voller Wut.

„Ich warne dich", sagte Maris. „Vielleicht geschieht dir nichts, aber du kannst nie sicher sein. Die schwarzen Flieger werden dafür sorgen. Für den Rest deines Lebens werden sie dich verfolgen, dich jagen wie Tyas Geist. Wann immer du zum Himmel hinaufblickst, wirst du die Flügel sehen. Wann immer dich ein Schatten berührt, wirst du zusammenzucken. Du wirst niemals aus dem Fenster sehen oder einen Spaziergang machen können. Die Flieger werden über der Festung kreisen, wie Fliegen über einem Stück Aas. Du wirst sie noch auf deinem Sterbebett sehen. Dein Haus wird ein Gefängnis sein, und trotzdem wirst du nie in Sicherheit sein. Flieger können jede Wand überwinden, und wenn sie die Flügel abgenommen haben, sehen sie aus wie jeder andere."

Der Landmann hörte Maris bewegungslos zu. Sie beobachtete ihn vorsichtig und hoffte, ihn in die richtige Richtung zu lenken. Seine Augen mit den Tränensäcken zeugten von einer gewissen Wildheit, Unberechenbarkeit, die sie ängstigte. Ihre Stimme war ruhig, aber auf ihren Augenbrauen sammelte sich Schweiß, und ihre Hände waren kalt und feucht.

Der Blick des Landmannes ging hin und her, als versuche er vor den Phantomen der schwarzen Flieger zu fliehen, bis er ihn auf einer seiner Wachen ruhen ließ. „Hole meinen Flieger!“ befahl er. „Sofort, sofort!“

Der Mann mußte vor der Tür gewartet haben, denn er trat augenblicklich ein. Maris erkannte ihn; ein dünner, kahlköpfiger Flieger mit hängenden Schultern, den sie nur flüchtig kannte. „Sahn“, sagte sie laut, als ihr sein Name einfiel.

Er erwiderte ihren Gruß nicht. „Mein Landmann“, sagte er ehrerbietig mit dünner Stimme.

„Sie hat mir *gedroht*“, sagte der Landmann wütend. „Schwarze Flieger, sagt sie, werden mich bis in den Tod verfolgen, sagt sie.“

„Sie lügt“, gab Sahn sofort zurück. Und plötzlich wußte Maris, wer er war. Sahn von Thayos, ein konservativer geborener Flieger. Vor zwei Jahren hatte er seine Flügel an einen talentierten Einflügler verloren. Jetzt hatte er sie wieder. „Die schwarzen Flieger stellen keine Bedrohung dar. Sie sind nichts, nichts.“

„Sie sagt, sie werden mich nie verlassen“, sagte der Landmann.

„Falsch“, sagte Sahn mit seiner dünnen, einschmeichelnden Stimme. „Du hast nichts zu befürchten. Bald werden sie verschwunden sein. Sie haben Pflichten, eigene Landmänner, ihr Leben, Familien, und sie müssen Botschaften überbringen. Sie können nicht unbegrenzt bleiben.“

„Andere werden an ihre Stelle treten“, sagte Maris. „Windhaven hat viele Flieger. Du wirst dich immer im Schatten ihrer Flügel bewegen.“

„Hör nicht auf sie“, sagte Sahn. „Die Flieger stehen nicht hinter ihr. Nur einige Einflügler. Der Abschaum des Himmels. Wenn sie verschwunden sind, werden keine neuen kommen. Du brauchst nur zu warten, mein Landmann.“

Der Landmann fixierte sie mit seinen kalten Augen. „Wie ich es mir dachte“, sagte er. „Tya hat mich belogen, und ich habe es herausgefunden. Val Einflügler wollte mich mit leeren Drohungen einschüchtern. Und jetzt du. Ihr seid alle Lügner, aber ich bin klüger, als du denkst. Deine schwarzen Flieger werden mir nichts tun, *nichts*. Ihr Einflügler. Den *wirklichen* Fliegern ist Tya gleichgültig, das hat die Versammlung bewiesen.“

„Ja“, stimmte Sahn zu und nickte mit dem Kopf.

Maris kochte vor Wut. Sie wollte durchs Zimmer stürmen und

den zerbrechlichen Flieger packen und schütteln, bis er zusammenbrach. Aber Evan drückte ihre Hand ganz fest, und als sie ihn ansah, bemerkte sie, daß er den Kopf schüttelte.

„Sahn“, sagte sie leise.

Widerwillig sah er sie an. Sie bemerkte, daß er zitterte, vielleicht, weil er sich für das schämte, was er geworden war. Als sie ihn ansah, glaubte Maris ein Stückchen von jedem Flieger, den sie kannte, in ihm wiederzuerkennen. Was wir nicht alles tun, um fliegen zu können . . . „Sahn“, sagte sie. „Jem ist zu den schwarzen Fliegern gestoßen. Er ist kein Einflügler.“

„Nein“, gab Sahn zu, „aber er kannte Tya gut.“

„Wenn du deinen Landmann berätst“, sagte sie, „dann erklär ihm, wer Dorrel von Laus ist.“

Sahn zögerte.

„Wer?“ fragte der Landmann. Sein Blick wanderte zwischen Maris und Sahn hin und her.

„Nun?“

„Dorrel von Laus“, sagte Sahn zögernd. „Ein Flieger aus dem Westen, mein Landmann. Er stammt aus einer sehr alten Familie. Ein guter Flieger. Er ist in meinem Alter.“

„Was ist mit ihm? Was geht er mich an?“ Der Landmann wurde ungeduldig.

„Sahn“, sagte Maris, „was glaubst du, würde geschehen, wenn Dorrel zu den schwarzen Fliegern stößt?“

„Nein“, sagte Sahn sofort. „Er ist kein Einflügler. Das würde er nicht tun.“

„Wenn er es schon getan hat?“

„Er ist eine bekannte Persönlichkeit. Ein Führer. Andere würden seinem Beispiel folgen.“ Das alles gab Sahn nur ungern zu.

„Dorrel von Laus wird mit hundert Fliegern aus dem Westen den Kreis erweitern“, sagte Maris forsch. Ohne Zweifel übertrieb sie, aber die anderen wußten ja nicht Bescheid.

Der Landmann verzog den Mund. „Ist das wahr?“ fragte er seinen Lieblingsflieger.

Sahn hustete nervös. „Dorrel, ich . . . nun, es ist schwer zu sagen. Er hat Einfluß, aber, aber . . .“

„Ruhe“, sagte der Landmann, „oder ich werde einem anderen deinen Posten geben.“

„Hör nicht auf ihn“, sagte Maris barsch. „Sahn, ein Landmann hat nicht das Recht, jemandem die Flügel zu geben oder zu nehmen. Die Flieger haben sich vereint, um diesen Sachverhalt sicherzustellen."

„Tya starb mit diesen Flügeln", sagte Sahn. „*Er* hat sie mir gegeben."

„Die Flügel gehören dir. Niemand will sie dir nehmen", sagte Maris. „Aber dein Landmann hätte nicht tun sollen, was er getan hat. Wenn du auch der Meinung bist, daß Tya zu Unrecht gestorben ist, dann geselle dich zu uns. Besitzt du schwarze Kleidungsstücke?"

„Schwarze? Ich . . . ja."

„Bist du verrückt?" sagte der Landmann und deutete mit seinem Messer auf Sahn.

„Faßt diesen Narren."

Zögernd gingen zwei Landwachen auf ihn zu.

„Bleibt mir vom Leibe!" rief Sahn. „Ich bin ein Flieger, verflucht noch mal!"

Sie hielten inne und sahen den Landmann an.

Er deutete wieder auf ihn, seine Lippen zitterten. Augenscheinlich konnte er nicht die passenden Worte finden. „Greift . . . greift diesen Sahn, und . . ."

Er beendete den Satz nicht. Die Türen des Raumes wurden aufgestoßen, und Coll wurde von einigen Landwachen hereingeschleppt. Sie gaben ihm einen Stoß in Richtung Landmann. Mühsam richtete er sich auf Händen und Knien auf. Dann gelang es ihm zu stehen. Seine rechte Gesichtshälfte wies eine blutunterlaufene Prellung auf, seine Augen waren so blau wie seine Jacke.

„Coll", sagte Maris ängstlich.

Coll gelang ein zaghaftes Lächeln. „Mein Fehler, große Schwester. Mir ist nichts passiert." Evan ging zu ihm und untersuchte sein Gesicht.

„Das geschah nicht auf meinen Befehl", sagte der Landmann.

„Wir hatten die Anordnung, ihn am Singen zu hindern", sagte die Landwache. „Er wollte nicht aufhören."

„Halb so schlimm", sagte Evan. „Das wird heilen."

Maris seufzte vor Erleichterung. Obwohl sie die ganze Zeit über den Tod gesprochen hatten, war sie durch den Anblick von Colls Gesicht geschockt. „Ich bin dies überdrüssig", sagte sie zum Landmann. „Hör mir zu, wenn du meine Bedingungen kennen willst."

„Bedingungen?“ Aus seiner Stimme klang Ungläubigkeit. „Ich bin der Landmann von Thayos und du bist ein Nichts, ein Niemand. Du kannst keine Bedingungen stellen.“

„Ich kann und ich werde. Du tust gut daran, zuzuhören, sonst wirst du der einzige sein, der es bedauert. Ich glaube, dir ist nicht bewußt, in welcher Lage sich Thayos und du befinden. Überall auf der Insel singen die Menschen Colls Lied, und die Sänger tragen es von Insel zu Insel und verbreiten es in der ganzen Welt. Bald wird jedermann wissen, auf welche Art du Tya getötet hast.“

„Sie war eine Lügnerin und Verräterin.“

„Ein Flieger ist kein Untergebener und kann kein Verräter sein“, sagte Maris, „und sie hat gelogen, um einen sinnlosen Krieg zu beenden. Oh, sie wird immer kontroverse Meinungen hervorrufen. Aber du bist ein Narr, wenn du die Macht der Sänger unterschätzt. Du wirst ein vielgehaßter Mann werden.“

„Schweig“, sagte der Landmann.

„Dein Volk hat dich nie geliebt“, fuhr Maris fort. „Sie fürchten dich. Die schwarzen Flieger erschrecken sie, Sänger werden eingesperrt, Flieger gehängt, der Handel wurde eingeschränkt, der Krieg, den du angezettelt hast, wurde sinnlos, und selbst deine Landwachen beginnen zu desertieren. Und der Grund für all das bist du. Früher oder später werden sie dich loswerden wollen, denn sie werden begreifen, daß das die einzige Möglichkeit ist, die schwarzen Flieger zu vertreiben.

Überall hört man Geschichten“, fuhr Maris fort. „Thayos ist verflucht, über Thayos liegt Unglück, Tya geistert in der Festung, der Landmann ist verrückt. Man wird dich meiden wie den ersten verrückten Landmann, wie Kennehut. Aber dein Volk wird es nur kurz aushalten. Sie kennen die Lösung. Sie werden sich gegen dich erheben. Der Funke wird von den Sängern überspringen. Die schwarzen Flieger werden die Flammen entfachen. Sie werden dich verzehren.“

Der Landmann lächelte, heimtückisch und furchterregend. „Nein“, sagte er. „Ich werde dich töten und allem ein Ende machen.“

Auch Maris lächelte. „Evan hat sein Leben Thayos gewidmet und Hunderte schulden ihm ihr Leben. Coll ist einer der größten Sänger Windhavens, er ist auf Hunderten von Inseln bekannt und beliebt. Und ich bin Maris von Klein Amberly, das Mädchen aus den Liedern, das Mädchen, das die Welt verändert hat. Für Leute, die mich nicht persönlich kennen, bin ich eine Heldin. Du willst uns drei töten? Gut. Die schwarzen Flieger werden es beobachten und überall verkünden, und die Sänger werden es in ihren Liedern kundtun. Wie lange gedenkst du so zu regieren? Die nächste Fliegerversammlung wird keine Trennung nach sich ziehen. Thayos wird das gleiche Schicksal zuteil wie Kennehut, es wird ein totes Land sein."

„Lügnerin", sagte der Landmann. Er hantierte mit seinem Messer.

„Wir wollen deinem Volk nichts antun", sagte Maris. „Tya ist tot, und nichts wird sie wieder lebendig machen. Aber du wirst meine Forderungen akzeptieren, oder all meine Warnungen werden eintreffen. Erstens: Du übergibst uns Tyas Leichnam, damit sie auf die See hinausgeflogen und aus großer Höhe hinabgeworfen werden kann, so wie es einer Fliegerbeisetzung entspricht. Zweitens: Du wirst ihrem Willen entsprechen und Frieden schließen. Du wirst deine Ansprüche an der Mine, die den Krieg mit Thrane auslösten, zurückziehen. Drittens: Jedes Jahr wirst du ein armes Kind zur Luftheim-Akademie schicken, damit es dort lernt, mit den Flügeln umzugehen. Ich denke, das würde Tya gefallen. Und schließlich", Maris hielt kurz inne und beobachtete die Reaktion in seinen Augen, „wirst du dein Amt niederlegen und dich mit deiner Familie von Thayos auf eine Insel, wo man dich nicht kennt, zurückziehen. Dort kannst du deine letzten Tage in Frieden beschließen."

Der Landmann fuhr mit dem Daumen über den Griff seines Messers. Er hatte sich geschnitten, ohne es bemerkt zu haben. Ein kleiner Blutstropfen hatte sein weißes Seidenhemd befleckt. Er verzog den Mund.

In der plötzlichen Stille, die ihren Worten gefolgt war, fühlte sich Maris abgespannt und müde. Sie hatte getan, was sie tun konnte. Sie hatte alles gesagt. Jetzt wartete sie.

Evan legte einen Arm um sie. Aus einem Augenwinkel heraus sah Maris, daß sich Colls aufgeplatzte Lippe um ein sanftes Lächeln bemühte. Plötzlich fühlte sie sich wieder auf der Höhe. Was immer jetzt geschehen würde, sie hatte ihr bestes gegeben. Sie fühlte sich, als wäre sie gerade von einem langen, langen Flug zurückgekehrt. Ihre Glieder schmerzten und zitterten, sie fror.

Aber sie erinnerte sich an den Himmel und an ihre Flügel, und das war genug. Sie war zufrieden.

„Bedingungen", sagte der Landmann. Seine Stimme klang verbittert und böse. Er erhob sich aus seinem Sessel und hielt das blutverschmierte Messer in der Hand. „Ich werde dir Bedingungen stellen", sagte er. Mit dem Messer zeigte er auf Evan. „Ergreift den alten Mann und schlagt ihm die Hände ab", befahl er. „Dann schmeißt ihn heraus und laßt ihn sich selbst heilen. Das wird ein Zeichen setzen." Er lachte und zeigte mit dem Messer auf Coll. „Der Sänger soll seine Zunge und eine Hand verlieren." Wieder bewegte er das Messer. „Und nun zu dir", sagte er und deutete mit dem Messer auf Maris, „da dir die Farbe Schwarz so gut gefällt, sollst du genug davon bekommen. Ich werde dich in eine Zelle ohne Fenster und Licht werfen lassen, wo die Tage ebenso schwarz sind wie die Nächte. Du wirst so lange darin bleiben, bis du vergessen hast, was Sonnenlicht ist. Na, wie gefallen dir meine Bedingungen, Fliegerin?"

Maris fühlte, daß sich Tränen in ihren Augen sammelten, aber sie riß sich zusammen. „Deine Leute tun mir leid", sagte sie leise. „Sie können nichts dafür."

„Ergreift sie", sagte der Landmann, „und tut, wie ich befohlen habe!"

Die Landwachen blickten sich an. Einer von ihnen machte einen zögernden Schritt vorwärts, hielt aber inne, als er merkte, daß er allein war.

„Worauf wartet ihr noch?" schrie der Landmann. *„Faßt sie!"*

„Herr", sagte eine große Frau in der stattlichen Uniform eines höheren Offiziers, „ich bitte dich, nochmal zu überlegen. Wir können weder einen Sänger verstümmeln, noch können wir Maris von Klein Amberly einsperren. Das wäre unser Ende. Die Flieger würden uns vernichten."

Der Landmann sah die Frau an und deutete dann ebenfalls mit dem Messer auf sie. „Auch du wirst eingesperrt, Verräterin. Da du sie so magst, bekommst du die Zelle neben ihr." Zu den restlichen Landwachen sagte er: „Ergreift sie."

Niemand bewegte sich.

„Verräter", schimpfte er, „ich bin von Verrätern umgeben. Ihr werdet alle sterben, ihr alle." Er sah Maris an. „Und du wirst die erste sein. Ich werde es selbst tun."

Voller Besorgnis sah Maris das Messer in seiner Hand, den bronzenen Schaft und die blutverschmierte Klinge. Sie spürte Evans Abgespanntheit. Der Landmann lächelte und kam auf sie zu. „Haltet ihn auf“, sagte die große Frau, die er einsperren lassen wollte. Ihre Stimme war leise aber bestimmt. Sofort war der Landmann von seinen Wachen umgeben. Ein Bär von einem Mann hielt seinen Arm fest, und eine junge schlanke Frau nahm ihm das Messer weg.

„Es tut mir leid“, sagte die Frau, die das Kommando übernommen hatte.

„Laßt mich los!“ befahl er. „Ich bin der Landmann!“

„Nein“, antwortete sie, „nein. Ich fürchte, Herr, du bist sehr krank.“

Noch nie hatte das düstere Gemäuer so ein Fest erlebt.

Die grauen Wände waren mit leuchtenden Bannern und bunten Laternen geschmückt. Ein Duft von Braten, Wein und Feuer lag in der Luft. Alle Tore waren weit geöffnet.

Viele Landwachen befanden sich in der Festung, aber kaum jemand trug eine Uniform, und die Waffen waren vergessen.

Die Galgen waren niedergerissen, an ihrer Stelle hatte man ein Podium aufgebaut, auf dem Jongleure, Zauberer, Clowns und Sänger die Menge unterhielten.

Im Innern standen alle Türen offen, und es gab alle nur denkbaren Lustbarkeiten. Man hatte die Gefangenen aus den Kerkern befreit, und selbst der niederste Pöbel aus den Straßen von Thayos war zu dem Fest eingeladen worden. In der großen Halle hatte man Tische aufgestellt, auf denen riesige Käseräder, Körbe mit Brot und alle Sorten geräucherten und getrockneten Fischs lagen. Die Feuerstellen dufteten nach Schweinebraten und Seekatzen am Spieß. Überall standen Fässer mit Wein und Bier.

Musik und Gelächter erscholl aus allen Räumen. Seit Menschengedenken hatte man nicht so ein großes und reichhaltiges Fest erlebt. Zwischen den Leuten aus Thayos bewegten sich einige schwarzgekleidete Figuren. Keine Trauergäste – Flieger. Die Flieger, Einflügler und geborene Flieger gleichermaßen, galten neben den Sängern als Ehrengäste, man prostete ihnen zu und feierte sie.

Maris versuchte, sich einen Weg durch die lärmende Menge zu bahnen. Das Fest dauerte nun schon Stunden. Ihr war ein wenig übel vom vielen essen und trinken, und die Ehrungen, die ihr zuteil wurden, hatten sie müde gemacht. Jetzt wollte sie nur noch Evan finden und nach Hause gehen.

Dann rief jemand ihren Namen. Zögernd drehte sich Maris um. Sie sah die neue Landherrin von Thayos in einer langen bestickten Robe, die sie überhaupt nicht kleidete.

Maris bemühte sich zu lächeln. „Ja, Landherrin?"

Die ehemalige Landwache verzog das Gesicht. „Ich denke, daß ich mich an den Titel gewöhnen werde, aber er weckt immer noch böse Erinnerungen in mir. Ich habe dich heute nur kurz gesehen, hast du ein paar Minuten Zeit für mich?"

„Ja, natürlich. Soviel wie du willst. Dir verdanke ich mein Leben."

„Jetzt hör aber auf. Deine Handlungsweise hat viel mehr Mut erfordert als das, was ich getan habe. Man wird sich später erzählen, daß ich das alles sorgfältig geplant und vorbereitet habe, um die Stellung des Landmannes einzunehmen. Das entspricht zwar nicht der Wahrheit, aber seit wann kümmern sich die Sänger darum, was wahr ist?" Ihre Stimme klang verbittert, Maris sah sie erstaunt an.

Gemeinsam gingen sie durch einige Räume, in denen Spieler, Betrunkene und Liebespaare saßen, bis sie schließlich ein leeres Zimmer fanden, in das sie sich setzen und reden konnten.

Da die Landfrau schwieg, begann Maris „Den alten Landmann wird sicherlich niemand vermissen. Meiner Meinung nach war er nicht sehr beliebt."

Die neue Landfrau runzelte die Stirn. „Nein, man wird ihn genausowenig vermissen wie mich, wenn ich einmal nicht mehr da bin. Aber er hat unsere Insel gut geführt, bis er zu ängstlich und närrisch wurde. Ich habe es nicht gern getan, aber mir blieb keine andere Wahl. Dieses Fest stellt meinen Versuch dar, den Übergang freudig, statt beängstigend zu machen. Um meine Leute glücklich zu machen, mußte ich mich verschulden."

„Sie wissen es zu schätzen", sagte Maris. „Alle sind sehr glücklich."

„Ja, im Moment. Aber ihr Gedächtnis ist kurz." Die Landfrau schüttelte sich, als wollte sie diesen Gedanken vertreiben. Die Falte zwischen ihren Augen glättete sich, und ihre Züge wirkten jetzt viel freundlicher. „Ich wollte dich nicht mit meinen persönlichen Problemen langweilen. Ich habe dich zu diesem Gespräch gebeten, weil ich dir sagen wollte, wie sehr du in Thayos respektiert wirst und daß ich deinen Versuch, zwischen den Fliegern und der Bevölkerung von Thayos Frieden zu schließen, anerkenne."

Maris überlegte, ob sie wohl errötet war. „Bitte", sagte sie. „Nicht. Um ehrlich zu sein, ich habe in erster Linie an die Flieger und nicht an die Bevölkerung von Thayos gedacht."

„Das spielt keine Rolle. Was du getan hast, zählt. Du hast dein Leben dafür riskiert."

„Ich habe getan, was ich konnte", sagte Maris. „Aber viel war es nicht. Ein Waffenstillstand, ein zeitlich begrenzter Frieden. Das *eigentliche* Problem, der Konflikt zwischen den geborenen Fliegern und den Einflüglern, und zwischen den Landherren und den Fliegern, die für sie arbeiten, besteht noch, und er wird wieder aufleben ..." An dieser Stelle brach Maris ab, denn sie bemerkte, daß sich die Landfrau gar nicht dafür interessierte, daß dieses glückliche Ende nicht das tatsächliche Ende der Probleme war.

„Die Flieger werden auf Thayos keine Schwierigkeiten mehr haben", sagte die Landfrau. Maris wurde bewußt, daß die Landfrau die Gabe besaß, einen einfachen Satz wie die Ausrufung eines Gesetzes klingen zu lassen. „Hier werden Flieger ... und Sänger respektiert."

„Eine weise Entscheidung", sagte Maris.

Als wäre sie gar nicht unterbrochen worden, fuhr die Landherrin fort: „Und du, Maris, wirst hier immer willkommen sein, falls du später einmal beabsichtigst, uns zu besuchen."

„Besuchen?" Verwirrt verzog Maris das Gesicht.

„Da du keine Fliegerin mehr bist, wirst du sicherlich mit dem Schiff reisen ..."

„Wovon sprichst du?"

Die Landfrau sah verärgert aus, weil sie fortwährend unterbrochen wurde. „Ich weiß, daß du Thayos bald verlassen wirst, um nach Seezahn zu gehen und dort an der Holzflügler-Akademie zu unterrichten."

„Wer hat dir das erzählt?"

„Ich glaube, Coll, der Sänger, war es. Ist das ein Geheimnis?"

„Weder ein Geheimnis, noch eine Tatsache", seufzte Maris. „Man hat mir einen Job in der Akademie angeboten, aber bis jetzt habe ich noch nicht zugesagt."

„Falls du auf Thayos bleibst, wäre das eine Ehre für uns, und die Türen meiner Festung werden dir immer offenstehen." Die Landfrau erhob sich und wiederholte noch einmal die anerkennenden Worte von vorhin. Auch Maris war aufgestanden, und beide tauschten noch ein paar Belanglosigkeiten aus, denen Maris aber keine Aufmerksamkeit schenkte, denn sie war mit ihren Gedanken ganz woanders. Dachte Coll, er könnte eine Idee in die Tat umsetzen, indem er davon sprach, als sei es eine Tatsache? Darüber mußte sie mit ihm reden.

Aber als sie ihn wenige Minuten später draußen im Hof, in der Nähe des Tores traf, war er nicht allein. Bari war bei ihm und S'Rella, und sie trug ihre Flügel.

Maris lief auf sie zu. „S'Rella, verläßt du uns?"

S'Rella ergriff ihre Hand. „Ich muß. Die Landfrau möchte, daß ich eine Botschaft nach Deeth bringe. Ich habe ihr angeboten zu fliegen, denn ich muß nach Hause, in ein oder zwei Tagen hätte ich sowieso aufbrechen müssen. Ich wollte Jem oder Sahn einen so langen Flug ersparen, da ich ja doch in diese Richtung muß. Gerade habe ich Evan gebeten, dich zu suchen, weil ich mich von dir verabschieden wollte. Aber es soll kein trauriger Abschied werden, da wir uns ja bald in der Akademie wiedersehen werden."

Maris sah Coll an, aber der tat so, als bemerkte er es gar nicht. Sie sagte zu S'Rella: „Ich habe dir gesagt, daß ich mein Leben auf Thayos beschließen will."

S'Rella blickte verwundert drein. „Dann hast du deine Meinung geändert? Nach allem, was passiert ist? Du weißt, daß sie dich in der Akademie brauchen, jetzt mehr denn je. Inzwischen bist du eine Heldin!"

Maris verzog das Gesicht. „Ich kann das nicht mehr hören! Warum bin ich eine Heldin? Was habe ich denn getan? Ich habe die Dinge ein wenig hinausgezögert, aber nichts ist geklärt. Du solltest es am besten wissen, S'Rella!"

S'Rella schüttelte ungeduldig den Kopf. „Schweif nicht ab. Wie war das noch mit deiner Rede über den Sinn des Lebens – wie kannst du einer Sache den Rücken kehren, für die du bestimmt bist? Du hast selbst zugegeben, daß du als Heilerin nichts taugst, was willst du also in Thayos? Was willst du jetzt mit deinem Leben anfangen?"

Maris hatte sich diese Frage selbst gestellt. Ganze Nächte hatte sie wach gelegen und darüber nachgedacht. Jetzt sagte sie ganz ruhig: „Ich werde hier eine Aufgabe finden. Vielleicht hat die Landfrau etwas für mich."

„Das ist die reinste Verschwendung! Maris, du wirst in der Akademie gebraucht. Du gehörst dorthin. Selbst ohne die Flügel bist du eine Fliegerin, das bist du immer gewesen und wirst du immer sein. Ich dachte, du wüßtest das!"

Tränen standen in S'Rellas Augen. Maris fühlte sich gefangen, denn sie hatte nicht darüber sprechen wollen. Sie versuchte, ihre Stimme ruhig zu halten. „Ich gehöre zu Evan. Ich kann ihn nicht verlassen."

„Man sagt, der Lauscher an der Wand hört seine eigene Schand."

Maris drehte sich um und sah Evan. Die Zärtlichkeit, die sich in seinen Augen widerspiegelte, ließ ihr keinen Zweifel. Sie hatte die richtige Entscheidung getroffen. Sie konnte ihn nicht verlassen.

„Aber niemand spricht davon, daß du mich verlassen sollst", sagte er. „Ich habe gerade mit einem jungen Heiler gesprochen, der nur darauf wartet, mein Haus und meine Patienten zu übernehmen. In einer Woche könnte ich fertig zur Abreise sein."

Maris sah ihn an. „Fortgehen? Dein Haus verlassen? Aber warum?"

Er lächelte. „Um mit dir nach Seezahn zu gehen. Wahrscheinlich wird es keine angenehme Reise, aber so können wir uns wenigstens gegenseitig bemitleiden."

„Aber . . . ich verstehe nicht. Evan, du kannst doch nicht . . . dein Zuhause!"

„Wo immer du auch hingehst, ich werde mit dir gehen", sagte er. „Ich kann dich nicht bitten, auf Thayos zu bleiben, nur um dich bei mir zu haben. So egoistisch kann ich nicht sein, weil ich weiß, daß man dich in der Akademie braucht."

„Aber wie kannst du fortgehen? Wie willst du leben? Du hast Thayos noch nie verlassen."

Er lachte, aber es klang ein wenig verärgert. „So wie du es darstellst, klingt es, als wollte ich unter Wasser leben. Wie jeder andere, kann ich Thayos mit dem Schiff verlassen. Mein Leben ist noch nicht zu Ende, und weil dem so ist, kann ich es jederzeit ändern. Sicherlich gibt es auch für einen alten Heiler auf Seezahn etwas zu tun."

„Evan."

Er legte den Arm um sie. „Ich weiß. Glaub mir, ich habe darüber nachgedacht. Sicherlich hast du nicht gemeint, ich würde schlafen, als du dich letzte Nacht im Bett drehtest und wendetest und überlegtest. Ich bin zu dem Entschluß gekommen, dich nicht zu verlassen. Ich muß mutig sein und etwas Neues probieren. Ich werde mit dir gehen."

Maris konnte die Tränen nicht länger zurückhalten, obwohl sie nicht wußte, warum sie weinte. Evan zog sie an sich und hielt sie fest, bis sie sich beruhigt hatte.

Als er sie losließ, konnte Maris hören, daß Coll Bari versicherte, daß ihre Tante glücklich war und daß sie vor Freude weinte. Außerdem sah sie S'Rella, die ein wenig abseits stand, sie strahlte vor Freude.

„Ich gebe auf", sagte Maris. Ihre Stimme zitterte. Sie wischte sich die Tränen ab. „Ich kann keine Entschuldigungen mehr vorbringen. Ich werde nach Seezahn gehen – *wir* werden nach Seezahn gehen, sobald wir ein Schiff bekommen können."

Was als Spaziergang einiger Freunde S'Rellas zur Fliegerklippe begann, endete als Prozession und Weiterführung des Festes im Freien. Maris, Evan und Coll galten als gefeierte Helden, und jeder wollte ihnen nahe sein, um aus erster Hand zu erfahren, was so besonders war an der Fliegerin, dem Heiler und dem Sänger, die den tyrannischen Landmann vertrieben, den Krieg beendet und die stille Drohung der schwarzen Flieger aufgehoben hatten. Falls noch jemand der Meinung war, Tya hätte einen Fehler begangen und ihr Schicksal verdient, so wagte man nicht, das auszusprechen, denn diese Ansicht galt als unpopulär.

In dieser fröhlichen Menge, die sie bewunderte, gab es dennoch Ressentiments, das wußte Maris, denn es war ihr nicht gelungen, die Unstimmigkeiten zwischen den Landgebundenen und den Fliegern oder die Meinungsverschiedenheiten zwischen den geborenen Fliegern und den Einflüglern auf immer zu verbannen. Früher oder später würden die Konflikte wieder aufbrechen.

Diesmal gab es keinen einsamen Marsch durch den Felstunnel. Von den Wänden echoten die Stimmen des Begleittrupps und viele Fackeln brannten und qualmten und füllten den Gang mit Leben.

Sie traten in die dunkle, windige Nacht hinaus. Die Sterne waren hinter Wolken versteckt. Maris sah S'Rella, die am Rand der Fliegerklippe stand und mit einem Einflügler sprach, der noch in Schwarz gekleidet war. Als Maris S'Rella an der vertrauten Klippe stehen sah, fühlte sie, wie sich ihr Magen zusammenzog und sich ein Schwindelgefühl ihrer bemächtigte. Ohne Evans Unterstützung wäre sie womöglich ohnmächtig geworden. Sie hatte dem Absprung nicht beiwohnen wollen, denn von hier war sie nicht einmal, sondern zweimal abgestürzt. Plötzlich hatte sie Angst.

Einige Jugendliche stürmten herbei, lauthals bewarben sie sich um das Vorrecht, S'Rella beim Fertigmachen der Flügel helfen zu dürfen. S'Rella machte eine halbe Drehung und suchte Maris. Ihre Blicke trafen sich. Maris atmete tief durch und bemühte sich, die Angst zu überwinden. Dann ließ sie Evans Hand los und machte einen Schritt vorwärts. „Laß mich dir helfen", sagte sie.

Wie gut sie das alles kannte. Die Oberfläche des Metallgewebes, das Gewicht der Flügel in ihrer Hand, das vertraute Einrasten der Streben. Obwohl sie selbst keine Flügel mehr trug, liebten ihre Hände die Berührung. Es war ihr ein Vergnügen, S'Rella helfen zu können, auch wenn sie ein wenig Wehmut spürte.

Als die Flügel vollends ausgebreitet, und die letzten Streben eingerastet waren, kehrte die Angst zurück. Es war völlig irrational, und Maris hätte nie gewagt, S'Rella etwas davon zu sagen, aber sie hatte das Gefühl, daß S'Rella, sobald sie von der gefährlichen Klippe abgesprungen war, stürzen würde, wie damals sie selbst.

Schließlich zwang sie sich zu sagen: „Mach's gut." Ihre Worte waren kaum zu hören.

S'Rella sah sie an. „Oh, Maris", sagte sie. „Du wirst es nicht bereuen, du hast die richtige Entscheidung getroffen. Bald werden wir uns wiedersehen." Dann erübrigten sich alle weiteren Worte. S'Rella beugte sich nach vorn und küßte ihre Freundin.

„Mach's gut", sagte S'Rella wie ein Flieger zu einem anderen. Dann wandte sie sich der Fliegerklippe, dem Meer und dem Himmel zu und sprang in den Wind.

Von überall her erscholl Applaus, während S'Rella einen Aufwind erwischte und über der Klippe drehte. Ihre Flügel glänzten in der Dunkelheit. Sie stieg immer höher und glitt über das Meer. Plötzlich war sie nicht mehr zu sehen. Der Nachthimmel hatte sie verschluckt.

Maris starrte noch lange in den Himmel, nachdem S'Rella verschwunden war. Ihr Herz war voll von Entschlossenheit und Schmerz gleichermaßen und dem alten Gefühl der Freude. Sie würde überleben. Selbst ohne die Flügel würde sie immer eine Fliegerin bleiben.

Epilog

Als die Tür geöffnet wurde, erwachte die alte Frau in einem Raum, der nach Krankheit roch. Außerdem roch es nach Salzwasser und Rauch, und nach dem Gewürztee, der neben ihrem Bett kalt geworden war. Aber der Geruch nach Krankheit überwog bei weitem und gab dem Raum etwas Enges, Erdrückendes.

In der Tür stand eine Frau mit einer Kerze. Die alte Frau konnte das Licht sehen, das gelbliche Flackern der Flamme, und sie erkannte die Person, die die Kerze hielt, und sie erkannte, daß noch eine weitere Person neben ihr stand, obwohl sie die Gesichter nicht ausmachen konnte. Ihre Sehfähigkeit war nicht in Ordnung. Ihr Kopf schmerzte schrecklich, wie so oft, wenn sie aufwachte. So ging es schon seit Jahren. Mit einer zarten Hand, auf der sich blaue Venen deutlich abzeichneten, griff sie sich an die Stirn und blickte zur Seite. „Wer ist da?" fragte sie.

„Odera", sagte die Frau mit der Kerze. Die alte Frau erkannte die Stimme der Heilerin. „Derjenige, um den du gebeten hast, ist gekommen. Fühlst du dich stark genug, um mit ihm zu sprechen?"

„Ja", sagte die alte Frau. „Ja." Sie bemühte sich aufzurichten. „Komm näher heran", sagte sie. „Ich möchte dich sehen."

„Soll ich bleiben?" fragte Odera unsicher. „Brauchst du mich?"

„Nein", sagte die alte Frau. „Nein, für einen Heiler gibt es hier nichts zu tun. Ich möchte nur ihn sprechen."

Odera nickte. Obwohl die alte Frau das Gesicht nicht erkennen konnte, nahm sie diese Geste wahr. Odera entzündete die Öllampen mit der Kerze und schloß die Tür, als sie hinausging.

Der andere Besucher nahm sich einen Lehnstuhl und setzte sich dicht neben das Bett, von wo aus sie ihn gut sehen konnte. Er war jung, fast noch ein Kind, von ungefähr zwanzig Jahren. Über seiner Oberlippe deutete sich ein erster Bartwuchs an. Sein Haar war blond und lockig, seine Augenbrauen nahezu unsichtbar. Aber er hatte ein Instrument bei sich. Eine Art Gitarre, jedoch quadratisch und nur mit vier Saiten bespannt. Nachdem er sich gesetzt hatte, begann er es zu stimmen. „Soll ich dir etwas vorspielen?" fragte er. „Hast du einen besonderen Wunsch?" Er hatte eine angenehme Stimme, die jedoch die Spur eines Akzentes aufwies.

„Du bist weit weg von zu Hause“, sagte die alte Frau.

Er lächelte. „Woher weißt du das?“

„Dein Akzent“, sagte sie. „Es ist viele Jahre her, seit ich zum letztenmal so einen Akzent gehört habe. Du kommst von den Äußeren Inseln, nicht wahr?“

„Ja“, sagte er. „Ich komme aus einem Ort am Ende der Welt, von dem du sicher noch nie etwas gehört hast. Er heißt Sturmhammer – die Entlegenste.“

„Ah“, sagte sie. „Den kenne ich. Den Ostwachturm und die Ruinen, die ihn umgeben. Ich erinnere mich auch an das bittere Getränk, das ihr aus Wurzeln braut. Euer Landmann hat darauf bestanden, daß ich es probiere, und dann hat er gelacht, als er meinen Gesichtsausdruck sah. Er war ein Zwerg. Ich habe nie einen häßlicheren, aber auch nie einen klügeren Mann getroffen.“

Der Sänger blickte erstaunt drein. „Er ist seit mehr als dreißig Jahren tot“, sagte er, „aber du hast recht, ich habe Geschichten über ihn gehört. Du bist also dort gewesen?“

„Drei- oder viermal“, sagte sie und genoß seine Reaktion. „Vor vielen Jahren, lang bevor du geboren wurdest. Ich war eine Fliegerin.“

„Oh“, sagte er, „natürlich. Das hätte ich ahnen können. Seezahn ist voll von Fliegern, nicht wahr?“

„Teils, teils“, antwortete sie. „Hier befindet sich die Holzflügler-Akademie, und die meisten, die sich hier aufhalten, sind Träumer, die ihre Flügel noch erringen müssen oder Lehrer, die ihren Flügeln nachtrauern. Wie ich. Bis ich krank wurde, war ich selbst Lehrerin. Jetzt liege ich hier und verbringe meine Zeit mit Erinnerungen.“

Der Sänger schlug die Saiten an. Ein heller Akkord klang an und verschwand wieder in der Stille. „Was möchtest du hören?“ fragte er. „Ich kenne ein neues Lied, es ist sehr beliebt in Sturmstadt.“ Er verzog das Gesicht. „Aber es ist ein wenig zotig. Vielleicht gefällt es dir nicht.“

Die alte Frau lachte. „Ja, mag schon sein. Aber du wärst überrascht, über die Dinge, an die ich mich erinnere. Ich ließ dich jedoch nicht rufen, damit du mir etwas vorspielst.“

Mit großen grünen Augen sah er sie an. „Warum dann?“ fragte er verwirrt. „Man sagte mir . . . Ich war in einer Kneipe in Sturmstadt, ich bin erst vorgestern mit dem Schiff angekommen, plötzlich kam ein Junge auf mich zu und sagte, daß man einen Sänger auf Seezahn benötigte."

„Und du bist gekommen. Du hast die Kneipe verlassen. Hast du dein Publikum nicht begeistern können?"

„Doch, doch", sagte er. „Ich war noch nie zuvor auf Shotan gewesen, und die Zuhörer waren weder taub noch geizig. Aber ..." Er hielt verschreckt inne. Panik stand in seinem Gesicht geschrieben.

„Aber du bist gekommen", sagte die alte Frau, „weil man dir sagte, eine sterbende Frau wolle dich sehen."

Er sagte nichts.

„Keine Angst", sagte sie, „du hast kein Geheimnis verraten. Ich weiß, daß ich sterbe. Odera und ich haben offen darüber gesprochen. Eigentlich hätte ich schon vor Jahren sterben müssen. Ich leide ständig unter Kopfschmerzen, und ich fürchte zu erblinden, außerdem habe ich die meisten meiner Zeitgenossen überlebt. Bitte, verstehe mich nicht falsch. Ich möchte nicht sterben, aber so kann ich auch nicht weitermachen. Ich halte diese Schmerzen und meine Hilflosigkeit nicht mehr aus. Ich habe Angst vor dem Tod, aber wenigstens befreit er mich von dem Geruch in diesem Raum." Als sie seinen Gesichtsausdruck sah, lächelte sie. „Du mußt nicht so tun, als würdest du ihn nicht bemerken. Ich weiß, daß es hier schlecht riecht. Es riecht nach Krankheit." Sie seufzte. „Ich ziehe andere Düfte vor, zum Beispiel Gewürze, Salzwasser oder sogar Schweiß. Wind. Sturm. Ich erinnere mich noch an den Duft aufbrechender Knospen."

„Ich könnte dir etwas vorsingen", sagte der junge Mann vorsichtig. „Frohe Lieder, um deine Stimmung etwas aufzuheitern. Lustige Lieder oder traurige, ganz wie du willst. Vielleicht vertreiben sie deine Schmerzen."

„*Kivas* vertreibt den Schmerz", antwortete die alte Frau. „Odera braut einen sehr starken, manchmal würzt sie ihn mit Süßlied oder Kräutern. Sie gibt mir *Kivas* damit ich besser schlafen kann. Deine Lieder lindern meine Schmerzen nicht."

„Ich bin zwar jung", sagte der Sänger, „aber ich bin gut. Laß es mich dir beweisen."

„Nein." Sie lächelte. „Ich bin mir ganz sicher, daß du gut bist, obwohl ich deine Talente nicht zu schätzen weiß. Vielleicht werden auch meine Ohren schlechter, vielleicht liegt es auch nur am Alter, aber in den letzten zehn Jahren habe ich keinen Sänger gehört, der so gut war wie jene, die ich früher kannte. Ich habe die besten gehört. Vor langer Zeit habe ich S'Lassa und T'rhennian auf Veleth im Duett singen gehört. Jared von Geer hat mich unterhalten, der heimatlose Gerri Einauge und Coll. Einmal habe ich einen Sänger namens Halland gehört, dessen Lieder waren wesentlich zotiger als das, das du mir vorspielen wolltest, schätze ich. Als ich noch jung war, habe ich sogar Barrion gehört, und mehr als einmal."

„Ich bin so gut wie jeder von ihnen", sagte der Sänger hartnäckig.

Die alte Frau seufzte. „Hör auf zu schmollen", sagte sie scharf. „Ich glaube ja, daß du ein prächtiger Sänger bist, aber du wirst nie jemanden in meinem Alter dazu bewegen, es zuzugeben."

Nervös klimperte er auf seinem Instrument herum. „Wenn du keinen Sänger an deinem Sterbebett brauchst", sagte er, „warum hast du dann einen aus Sturmstadt holen lassen?"

„Ich möchte dir etwas vorsingen", sagte sie. „Keine Angst, es wird halb so schlimm, obwohl ich weder ein Instrument spielen, noch einen Ton halten kann. Es handelt sich eher um ein Rezitativ."

Der Sänger stellte sein Instrument beiseite und verschränkte die Arme, um zuzuhören. „Eine seltsame Bitte", sagte er, „aber noch bevor ich ein Sänger war, war ich ein guter Zuhörer. Übrigens, ich heiße Daren."

„Gut", sagte sie. „Erfreut, deine Bekanntschaft zu machen, Daren. Schade, daß du mich nicht kanntest, als ich noch vitaler war. Nun hör gut zu. Ich möchte, daß du es auswendig lernst und singst, wenn ich tot bin, falls es dir gefällt. Aber es wird dir gefallen."

„Ich kenne schon viele Lieder", sagte er.

„Aber dieses nicht", antwortete sie.

„Hast du es selbst geschrieben?"

„Nein", sagte sie, „nein. Es war eine Art Geschenk, ein Abschiedsgeschenk. Mein Bruder hat es mir vorgesungen, als er starb und mich gebeten, es zu lernen. Er litt damals unter großen Schmerzen, und der Tod bedeutete eine Erlösung für ihn, aber er wollte nicht sterben, bevor er sicher war, daß ich den Text behalten werde. Obwohl ich die ganze Zeit weinte, habe ich es schnell gelernt. Dann starb er. Es war in einer Stadt auf Klein Shotan vor ungefähr zehn Jahren. Du siehst also, das Lied bedeutet mir sehr viel. Würdest du nun bitte zuhören."

Sie begann zu singen.

Ihre Stimme war alt und schrecklich dünn und ihr Versuch, das Lied kräftig zu singen, strengte sie so sehr an, daß sie oftmals husten mußte. Sie kannte sich mit Tonarten nicht aus und konnte weder jetzt, noch in ihrer Jugend einen Ton halten. Aber sie kannte den Text, sie *kannte* den Text. Schaurige Worte, die von einer einfachen melancholischen Melodie getragen wurden.

Das Lied handelte vom Tod einer sehr berühmten Fliegerin. Als sie alt wurde, hieß es in dem Lied, und sich ihr Leben dem Ende näherte, fand sie ein Paar Flügel und nahm es, und trug es, wie sie es in ihrer legendären Jugend getan hatte. Sie legte die Flügel an und rannte los, und all ihre Freunde liefen hinter ihr her, und riefen ihr zu, sie solle es nicht tun, sie solle umkehren, da sie sehr alt und gebrechlich war. Außerdem war sie seit Jahren nicht mehr geflogen, und sie war so senil, daß sie vergessen hatte, die Flügel auszubreiten. Aber sie hörte nicht auf ihre Freunde. Bevor sie sie erreichen konnten, war sie an der Klippe angelangt und sprang ab, dann stürzte sie hinunter. Ihre Freunde schrien vor Entsetzen auf und hielten sich die Augen zu, weil sie nicht sehen wollten, wie sie im Meer eintauchte. Aber im allerletzten Augenblick entfalteten sich ihre Flügel und breiteten sich silberglänzend um ihre Schultern aus. Der Wind fing sie auf und trug sie hinauf. Ihre Freunde hörten ihr Gelächter. Sie kreiste hoch über ihnen, in ihrem Haar spielte der Wind, ihre Flügel waren so strahlend wie die Hoffnung. Sie war wieder jung. Sie winkte ihnen zum Abschied zu, salutierte mit ihren Flügeln und flog in westlicher Richtung davon. Dann verschwand sie im Sonnenuntergang und wurde niemals mehr gesehen.

Nachdem die alte Frau ihr Lied vorgetragen hatte, sagte niemand ein Wort. Der Sänger hatte sich in seinem Sessel zurückgelehnt und starrte in die Flamme der Öllampe, sein Blick war gedankenverloren.

Dann mußte die alte Frau entsetzlich husten. „Nun?" sagte sie.

„Oh." Er lächelte und setzte sich aufrecht hin. „Tut mir leid. Ein nettes Lied. Ich habe gerade darüber nachgedacht, wie es klingen würde, wenn man es mit der Gitarre begleitet."

„Und wenn man es richtig singt, mit einer Stimme, die nicht dauernd schiefe Töne hervorbringt." Sie nickte. „Natürlich würde es sehr gut klingen. Hast du den Text verstanden?"

„Natürlich", sagte er. „Soll ich es dir einmal vorsingen?"

„Ja", sagte die alte Frau. „Wie soll ich sonst erfahren, ob du es beherrschst?"

Der Sänger grinste und nahm sein Instrument. „Es wird dir gefallen", sagte er. Er schlug die Saiten äußerst langsam an, der Raum füllte sich mit Melancholie. Dann sang er ihr Lied mit seiner hohen, süßen, wohlklingenden Stimme.

Als er geendet hatte, lächelte er. „Hat es dir gefallen?"

„Guck nicht so eingebildet", sagte sie. „Der Text war in Ordnung."

„Und mein Gesang?"

„Gut", gab sie zu. „Gut, und du wirst noch besser werden."

Damit war er zufrieden. „Du hast nicht übertrieben, du verstehst *tatsächlich* etwas von gutem Gesang." Beide mußten lachen. „Es ist seltsam, daß ich dieses Lied nie zuvor gehört habe. Ich habe alle anderen Lieder über sie gesungen, aber ich wußte nicht, daß Maris auf diese Art gestorben ist." Seine grünen Augen sahen sie an. Das Licht spiegelte sich in ihnen, und sie gaben seinem Gesicht einen nachdenklichen Ausdruck.

„Mach keine Witze", sagte sie. „Du weißt ganz genau, daß ich die Frau in dem Lied bin, und ich bin weder auf diese, noch auf eine andere Art gestorben. Noch nicht, aber es wird nicht mehr lange dauern."

„Hast du wirklich vor, dir ein Flügelpaar zu stehlen und von einer Klippe zu springen?"

Sie seufzte. „Das hieße, ein Flügelpaar zu vergeuden. Ich glaube nicht, daß es mir in meinem Alter gelingen würde, Rabes Fall zu überbieten, obwohl ich das immer vorhatte. Ich habe wohl ein halbes Dutzend solcher Versuche in meinem Leben gesehen, und das Mädchen, das es als letzte versuchte, sprang mit einer gebrochenen Strebe und starb. Ich habe es nie selbst ausprobiert. Aber ich habe davon geträumt, Daren, ja, das ist wahr. Diese eine Sache ist mir nie gelungen, aber ich glaube, das ist trotzdem eine gute Bilanz."

„Ja, nicht schlecht", sagte er.

„Was meinen Tod anbelangt", sagte sie, „ich denke, ich werde hier im Bett in nicht allzu ferner Zukunft sterben. Vielleicht werde ich sie auch bitten, mich hinauszutragen, damit ich ein letztes Mal den Sonnenuntergang sehen kann. Vielleicht aber auch nicht. Meine Augen sind nämlich so schlecht, daß ich sowieso nicht viel erkennen würde. In jedem Fall wird mich, nachdem ich tot bin, jemand in ein Fliegergeschirr stecken und mich über das Meer hinausfliegen, um mich so zu bestatten, wie es einem Flieger gebührt. Warum, weiß ich auch nicht. Eine Leiche kann sowieso nicht fliegen. Wenn man sie fallengelassen hat, fällt sie wie ein Stein, geht unter oder wird von den Szyllas gefressen. Das ganze ist zwar nicht sinnvoll, aber es entspricht der Tradition. Sie seufzte. „Val Einflügler hatte die richtige Idee. Er wurde hier auf Seezahn in einem gemauerten Grab bestattet, auf dem eine Statue steht. Er hat sie selbst entworfen. Aber ich konnte nie mit der Tradition brechen, so wie es Val getan hat."

Er nickte. „Du ziehst es vor, daß sie sich an deinen Tod erinnern, so wie er in dem Lied beschrieben wird, statt an deinen tatsächlichen Tod?"

Sie sah ihn böse an. „Ich dachte, du wärst ein *Sänger*", sagte sie. Dann blickte sie in die andere Richtung. „Ein Sänger sollte das verstehen. Das Lied . . . das *ist* die Art, wie ich sterbe. Coll wußte das, als er das Lied für mich schrieb."

Der junge Sänger zögerte. „Aber . . ."

Die Tür ging auf, und Odera, die Heilerin, kam mit einer Kerze in der einen und einem Glas in der anderen Hand herein. „Genug gesungen", sagte sie. „Das strengt dich zu sehr an. Es ist Zeit für deinen Schlaftrunk."

Die alte Frau nickte. „Ja", sagte sie. „Meine Kopfschmerzen werden schlimmer. Hüte dich davor, von einem hundert Meter hohen Felsen zu stürzen, Daren. Falls es dir trotzdem einmal passieren sollte, dann lande lieber nicht auf deinem Kopf." Sie nahm Odera das Glas Tesis aus der Hand und trank es auf einen Zug aus. „Schrecklich", sagte sie. „Du solltest es wenigstens würzen."

Odera zog Daren zur Tür. Dann blieb er stehen. „Das Lied", sagte er, „ich werde es singen. Und viele andere werden es singen. Aber ich werde es nicht singen bis – du weißt – bis ich höre . . ."

Sie nickte. Schläfrigkeit bemächtigte sich ihres Körpers, der Tesis begann zu wirken. „Das ist gut so", sagte sie.

„Wie heißt es?“ fragte er. „Das Lied?“

„Der letzte Flug“, sagte sie lächelnd. Ihr letzter Flug und Colls letztes Lied. Auch sehr passend.

„Der letzte Flug“, wiederholte er. „Maris, ich glaube, ich verstehe es jetzt. Das erzählt die Wahrheit, nicht wahr?“

„Ja“, stimmte sie zu. Aber sie war sich nicht sicher, daß er sie gehört hatte. Ihre Stimme war schwach, und Odera hatte ihn bereits aus dem Zimmer gezogen und die Tür geschlossen. Etwas später kam die Heilerin noch einmal herein, um die Öllampen zu löschen. Nun lag sie allein in dem dunklen Zimmer, das nach Krankheit roch, in den alten blutgetränkten Mauern der Einflügler-Akademie.

Trotz des Tesis konnte sie nicht einschlafen. Irgendwie war sie aufgeregt und auf eine Art fröhlich, die sie lange nicht mehr empfunden hatte.

Irgendwo, hoch über ihrem Kopf, glaubte sie den aufkommenden Sturm und das Trommeln des Regens auf den verwitterten Mauern zu hören. Die Festung war stark, und sie würde nicht einstürzen. Dennoch hatte sie das Gefühl, daß heute nacht die Nacht sein könnte, in der sie nach all den Jahren ihren Vater wiedersehen würde.